探偵★日暮旅人の失くし物

山口幸三郎

Detective
Tabito Higurashi's
lost things.

Kouzaburou
Yamaguchi

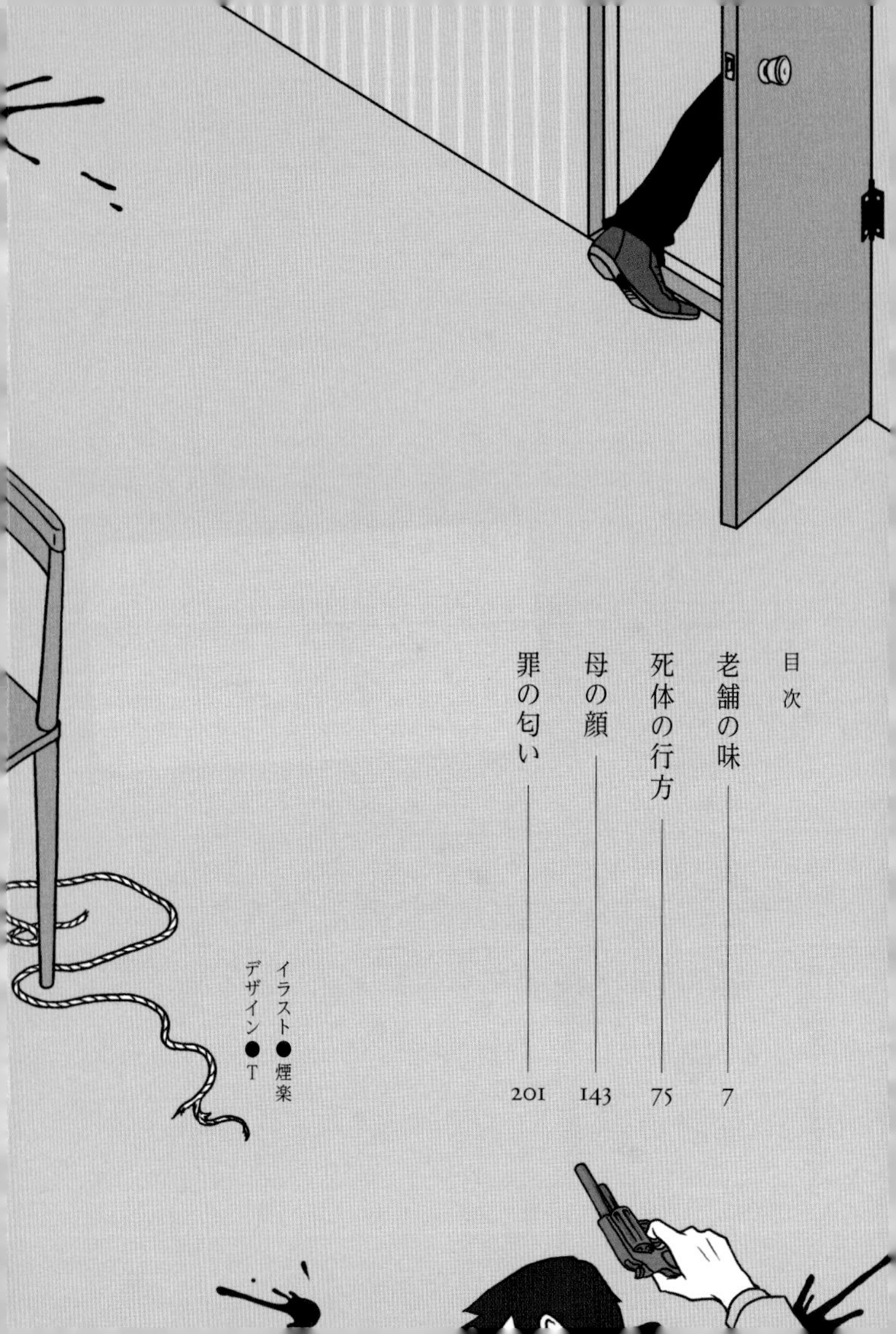

目次

イラスト●煙楽
デザイン●T

探偵★

日暮旅人の失くし物

山口幸三郎

Detective Tabito Higurashi's lost things.

Kouzaburou Yamaguchi

人は五感を駆使して世界を知り、また己を理解した。

それらは脆《もろ》く、あやふやで、ぎこちない。つぎはぎだらけで心許《こころもと》ない。不安も憎悪も嫉妬《しっと》も悲しみも、だから五感が研ぎ澄まされるほどに増幅していくようだ。

怖いんだ。

世界に一人でいるような感覚に人は恐怖する。故に、繋《つな》がりを求めた。けれど、その繋がりは姿を隠してしまった。

探せば探すほど、ソレの姿形はおろか概念さえも空虚に思えてしまい、なおさら人は狂信的なまでにソレを追い求めた。目に見えなくても確かに存在するのだと、希望した。五感を駆使すればきっと感じられると、夢を見た。

日暮旅人《ひぐらしたびと》は傍らに立つ愛《いと》しい人に、感覚を失った手を伸ばす。

温《ぬく》もりを求めて、手を。

……澄んだ瞳《ひとみ》が哀しみを宿して透き通る。

たとえ目に見えていても、『愛』には決して触れられない。

老舗の味

駅前の商店街での店舗の入れ替わりは近年激化の傾向にあり、一月《ひとつき》も足を遠ざけていたら馴染《なじ》みの店が消失していたなんてことも珍しくない。駅前という立地条件と、周辺地区に乱立するショッピングモールの存在が商店街内部での商戦に拍車を掛けていた。新たな消費者を取り込まんとする外部からの参入者が古参の店舗を追い出し、短いサイクルの中で何度もそれが繰り返される。それをいちいち気に留める消費者は少なく、追い出された店舗も涙を呑《の》んで潔く撤退するため、あたかも人間細胞の生まれ変わりみたくその競争は当たり前のようにそこに存在した。

普通、商店は半世紀近くも続けば老舗《しにせ》と呼ばれ始める。が、ここ駅前商店街では、入れ替わりの波に翻弄《ほんろう》されることがなければ、三年ほどの商店でもすでに老舗だ。歴史が浅くても生き残っている時点で箔《はく》が付く。それだけここでの商売は難しかった。その商店街で三十年以上も歴史を刻み続ける真の「老舗」はもはや片手に収まるほどしかなく、一種の文化遺産として重宝されている。

洋食店『ＫＡＧＥ』もそんな真の老舗の一つであった。

店主にして料理長の鹿毛栄一郎《かげえいいちろう》は、一見客《いちげんきゃく》が増加し、常連客の足が遠のいたことに時代を感じていた。一昔前までは、昼時になれば馴染みの顔が毎日同じ時間同じ椅子《いす》に座って同じメニューを注文したものだ。

今はそこかしこに似たような店があるので、『ＫＡＧＥ』に拘《こだわ》ることなく、気の向くままに似たような店に吸い込まれていく。味比べ、という意識は皆無だろう。空《す》いている店に吸い込まれるのだ。店舗の入れ替わりと同じで、お客も日々入れ替わりが激しくなっていた。

それでも変わらず通い詰めてくれる常連客の存在は素直に嬉《うれ》しかった。彼らのためにも、周りに流されずこの味を守り続けなければ、と思うのだ。

商店街がこのような激戦区に変わったのはつい最近のことだ。

二十年ほど前、当時の市長の政策に端を発し、その後市全体の経済が活性化するにつれ街の在り方もここ数年の間に目まぐるしく変化した。市外、県外から人を集客して新しい文化を生み出したのだ。――元々在った土地の文化を押し潰《つぶ》して。

それを悪いこととは栄一郎は思わない。繁栄は良いことだし、時代の変化について行けないならばそれはついて行けないモノの責任である。

たとえ廃れるにしても時代のせいにしてはいけない。

時代に合わないのならば素直にそれを受け入れるべきだ。

だから――――。

「ハヤシ、三つ追加でーっす！」

ウェイターが厨房《ちゆうぼう》に入ってくるなり、伝票を貼《は》り付《つ》けて注文を叫んだ。

「あいよっ」

栄一郎はバイトの従業員三人と昼時の戦争を闘っていた。栄一郎は常に厨房に立ち、あとの三人はホールとキッチンを行き交い効率よく立ち回っている。

「二番下げられるか!?」

「一番にサラダ出すときついでにやる！　手ぇ空《あ》いたら誰《だれ》かタマネギ刻《きざ》んどいて！」

「レジ入りますっ。そのあと俺《おれ》やっときます！」

「ハヤシ一出します！　五番ね!?」

厨房の活気は店内の客数に比例する。息吐《つ》く暇もない攻防は時間感覚を見事に狂わせ、嵐《あらし》が過ぎ去ろうとしたときようやく現時刻を把握することができた。

――そろそろ二時か。

この頃《ころ》になると来店の客がぱったりと止《や》み、埋まっていた席も徐々に空いていく。下げた食器を洗える余裕が生まれると、従業員たちもようやく一息吐けるのだった。

「俊《しゅん》、ちょっといいか？」

栄一郎は隠れて水分補給を済ませる従業員の一人に声を掛けた。俊、と呼ばれた青年は慌てて駆け寄った。

「なんですか？」

「鍋《なべ》搔《か》き混ぜておいてくれるか？　おいちゃん、ちょっと酒屋さんに電話しないといけないから」

「あ、赤ワイン切れそうでしたよ？」

「うん。それ込みで注文してくる。ついでに一服してくる」

「わかりました。ゆっくりでいいっすよ。あと任せてください」

「頼むね」

若いのに任せて奥の事務所に引っ込む。出て行くとき、他の従業員に指示を出す俊を見つめて大きく深い息を吐いた。

事務所の椅子に座って、栄一郎は知らず口に出していた。

「どうすっかなあ」

机に広げた二通の便箋《びんせん》を前にして憂鬱《ゆううつ》な気持ちになる。どちらも栄一郎の身辺に影響を及ぼす内容が書かれてあった。

一つ目の差出人の名は『岡本清美《おかもときよみ》』。——旧姓、鹿毛清美。実の妹である。そして、アルバイトで雇っている岡本俊の母親でもあった。

栄一郎と俊は『伯父《おじ》』と『甥《おい》』という間柄であり、現在では栄一郎が俊の暮らしの面倒を見ている。

手紙を読み返して、溜《た》め息《いき》。

「……返せって言われてもなあ」

今さらだろうに。それに、物やペットじゃないのだから返すだの返さないだのという議論は間違っている。そもそも、それは俺に言うことじゃなかろうに、と栄一郎は思うのだった。

「返せと言う前に迎えに来いってんだ。これじゃあ、俺がさらったみたいじゃないか」

俊が栄一郎の元にやって来たのは五年前のこと。

妹の清美と夫は夫婦仲が悪かった。いつ頃から険悪になってしまったのかは定かでないが、気の強い清美と勤勉で野心家でもある夫とでは相性が悪い、と栄一郎は結婚した当初から思っていた。ちょっとした行き違いでも二人は互いに引かず、一ヶ月以上も口を利かないなんてことも間々あった。その仲裁役はいつも栄一郎だった。

俊が生まれてからも喧嘩《けんか》は絶えなかった。いや、子供を口実にできる分、喧嘩の頻度は増したかもしれない。

正直、妹夫婦のことなんてどうでもよかったし、口を挟めば清美からも大きなお世話と詰《なじ》られるので関わり合いになりたくなかったのだが、両親の不和を常に目の当たりにする俊があまりにも不憫《ふびん》に思えてしまい、何事かあるとすぐに俊の元へ駆けつけた。

「今日はおいちゃんのとこに来るか？」

「うん」

「あ、けど、明日は学校あるんだよなあ。休むわけにいかないよなあ」

「……ランドセル持ってくる」

「そっか。おいちゃんとこから行くか。わかった。明日の朝、おいちゃんが学校まで送ってやるよ」

「うん」

そんなやり取りはしょっちゅうだ。妹夫婦は頭に血が上っていて俊がいなくなったことにも気づかない。後から栄一郎の元にいると連絡を入れると、「勝手なことをするな」と怒鳴られる。我が妹ながら身勝手なものだ。一体誰に似たのやら。

そんなこともあって、俊は幼い頃から栄一郎に懐いていた。栄一郎の作る料理が大好物なようで、見ているこちらが嬉しくなるほど美味《おい》しそうに頬張《ほおば》ってくれるのだ。

「おいちゃんって結婚しないの？」

「そっかなー。おいちゃん、モテないからなあ」

「料理はできても他がさっぱりでなあ。喧嘩は弱いし気も弱いし格好悪いし。昔はいじめられっ子だったんだぞ？　まあ、今でもあんまり変わんないけど」

「でも、優しいよ」

「優しいだけじゃなあ。女の子にはモテないんだよ。でも、俊は大丈夫だ。大きくなったらモテモテだぞ？　俊のお父さん、カッコイイしなあ。ちょっと似てきたよなあ」

「……僕、おいちゃんの子供だったら良かったのに」

「…………、そんなこと言っちゃいかん」

親は親だ。どんなに不仲な両親でも親であることを否定してはいけない。

「俊の両親はあの二人だけだ。おいちゃんは、あくまでも伯父さんだ。居心地悪くてもな、おまえの家はあっちなんだ。大丈夫だ。お父さんもお母さんもきっと仲良しになる。俊の前で喧嘩なんてしなくなる」

そう慰めて俊を家まで送った。何度も何度も傷つく俊に、栄一郎は何度でも何度でも諭して聞かせる。親を大切にしろ、と。あんな親でも親は親なんだ、と。

俊は、納得のいかない顔で、それでも素直に頷《うなず》いた。

いつかおいちゃんの言うとおりになってくれると願って。

おいちゃんが言うのだから間違いないのだと信じて。

しかし、両親が和解することはなかった。俊は中学に上がった頃から夜遊びをするようになる。家庭には居場所がなく、ただ息が詰まるだけならば、寒くても孤独でも外で過ごした方がマシだったのかもしれない。俊は家出した。

清美はそんな子供の非行を反抗期と片付けて俊と語り合おうとはしなかった。俊の父親も放任を決め込んだ。

栄一郎は俊を迎えに行った。コンビニの駐車場で暖を取れずに震えている俊を、栄一郎の家まで負ぶって帰った。

「おいちゃん、ごめんなさい」

「俊が謝ることは一個もないぞー？」

「ごめ……なさ…………っ」

背中で震える少年があまりにも惨めで憐《あわ》れで、栄一郎にはもはや慰めの言葉すらなかった。同情を掛けてもこの子は決して喜ばないだろう。欲しいのは言葉じゃない。栄一郎にはなぜかそれがわかった。

途中お店に寄って料理を振る舞った。

「さあ、食べな。腹へってるだろ？　おいちゃん自慢のハヤシライスだ」

「……僕、これ好きだよ」

「これなあ、おいちゃんの祖父《じい》ちゃんが編み出した味なんだ。俊にとっては曾祖父《ひいじい》ちゃんだなあ。代々受け継いでいるんだ。おいちゃんも小さい頃から大好きだった」

美味《うま》いものを食べたら元気になる。元気になったら美味いものはもっと美味くなる。栄一郎のモットーだ。俊にハヤシライスを搔き込むだけの元気が出てきたことを確認してから、言った。

「なあ、俊。おまえ、うちで働いてみないか？　夜遊びするんなら小遣いいるだろ？　給料やるから手伝ってくれ」

「いいの？」

「いいさ。家に帰れとはもう言わん。帰りたくなければ帰らなくていい。そのときはおいちゃんちに来い。何泊だってさせてやる。その代わり、学校にはきちんと通えよ。中学までは義務教育なんだから。義務だぞ、義務。勉強できるうちはしておけ。わかったな？」

「うん！　ありがとう、おいちゃん！」

俊はようやく笑ってくれた。

欲しかったのは、きっと、居場所だったのだ。

そしてこのことが、俊にとって人生の転機になったに違いない。

俊は更生した。中学を卒業すると通信制の高校に通うようになり、合間に栄一郎の店を手伝って、将来料理人になると意気込むようになった。

この春に高校を卒業した。一人暮らしを始めて、調理師の免許を取るための勉強と実地に励み、自立しようと努力していた。

「いつか僕がお店を継ぐよ。この味をずっと守るんだ。いいよね、おいちゃん？」

眩《まぶ》しい笑顔でそう言ってくれた。

素直でとても優しい子だ。

栄一郎にとっても『甥』と割り切れないくらい愛しく思っている。それこそ我が子のように。

俊の幸せを誰よりも強く願っているのだ。

だからこそ――。

「駄目だ。この店は俺の代で終わりにする」

もう一つの便箋は読まずに机に仕舞った。すでに何十回と読み返しているのだ、今さら内容が変わるはずもない。

懇意にしている古い知人からの手紙だった。彼は有名な三ツ星ホテルの専属シェフであり、栄一郎を料理人として引き抜きたいと申し出てくれたのだ。

いい話には違いない。有名ホテルならば今よりも収入は上がるし安定もするだろう。それに、料理人ならば三ツ星と名の付く場所で腕を振るってみたいと思わない者はいないはずだ。栄一郎にもそれなりに野心がある。

心に引っ掛かるのは、もちろん俊のことだ。

洋食店『KAGE』を閉店させると知ればどれほどショックを受けるだろうか。跡を継ぐと決めてそれに人生を懸けてきた俊を、栄一郎はずっと見てきた。継がせる気は毛頭無かったが、いま俊から目標を奪うのは躊躇《ためら》われた。せめてもう少し時間があったなら、などと詮無《せんな》きことを考える。

けれど、タイムリミットもまた刻々と迫っている。待ったなしである。

「どうすっかなあ」

考える余地は無いのだ。

選択肢は一つだ。

わかっているはずなのに、栄一郎はいつまでも悩み続けた。

＊　＊　＊

午後六時を過ぎて、のぞみ保育園はその日の業務を終了した。しかし、保育士たちの仕事は終わらない。

子供たちを帰した後、保育士たちに課せられるのは日誌の提出である。雑務を片付けてくたくたになった上での頭脳労働だ。その日の反省点、園の改善点などを記す。また、週目標を立てた書類の作成、お遊戯に使う小道具の制作といった仕事も終業後に行うことが多く、特に今日のような週末は夜遅くまで保育士が残っていることも珍しくない。

そんな中で、隠れて料理の本を広げてうんうん唸《うな》っているのは山川陽子《やまかわようこ》くらいのものだった。

「アンタ、さっきから何と睨《にら》めっこしてんのよ？」

「わっ⁉」

声を掛けられて陽子は驚いた。そのまま背後から、ひょい、と本を奪われる。

「何これ？『今日のおかず百選』？」

「わー、わーっ」

狼狽《ろうばい》する陽子にお構いなく、本のタイトルを読み上げたのは小野智子《おのともこ》先輩である。陽子の大学時代からの先輩だ。面倒見が良く頼りになる先輩なのだが、こうして無遠慮に接近してくることがたまにあるから困る。

見られてまずい物でもないけれど、これで弄《いじ》られるのは正直面白くない。

「花嫁修業？」

「ち、違います」

智子先輩の目がきらりと光ったのできちんと否定しておく。

「最近、ちょっと目覚めたものでして」

嘘《うそ》ではなかったが、智子先輩は首を傾《かし》げた。

「目覚めたって、料理に？ いや、別にいいんだけど、なんで今見てるわけ？ すっごい真剣に眺めてるからマジで花嫁修業かと思っちゃったわよ」

時と場所を考えれば、いま料理の本を広げるのは不自然だ、というご指摘だった。

確かにその通りなので言い逃れは難しそうだ。

花嫁修業ではないけれど、料理を学んでいるのには理由がある。それも、数時間後にはその知識を必要としてしまうくらい切羽詰まった状況にあるのだった。

「あ、わかった。彼氏へのアピールだ。後で押し掛けて晩ご飯作っちゃおうって魂胆だ。でも、それも一つの花嫁修業なんじゃない？」

「違いますってば！　それに、彼氏なんていませんし」

すると、智子先輩は口元を手で隠してうふふと笑った。

「そんなこと言ってー。隠しても駄目。私にはお見通しなのよ」

「何のことですか？」

陽子の耳元に唇を寄せて囁《ささや》く。

「テイちゃんのお父さんでしょ？　日暮《ひぐらし》さん。アンタ、最近妙にハマってるみたいじゃない。あの親子に」

何がお見通しなのかわからないが、智子先輩の推理は当たっていた。陽子はここ最近日暮親子の家に押し掛けては家事を手伝っており、今夜もこれからお料理を作りに行くつもりでいた。

テイちゃんとは、のぞみ保育園年中組に所属している『百代灯衣《ももしろてい》』のことだ。そしてその父親の『日暮旅人《ひぐらしたびと》』とはひょんなことから縁を持ち、彼の特殊な『体質』を知ってからは何かと世話を焼くようになってしまった。

日暮親子は危なっかしい。不器用で頼りない父親と、歳不相応に大人びていてしっかりしている娘との二人暮らしはどこか綱渡り染みていて、端から見ているとハラハラするのだ。いつ崩れてもおかしくない、そんなアンバランスさがあって陽子の気を揉《も》んだ。すべては旅人の体質が原因なのだが、それを解決する術《すべ》を誰も持たないため、陽子はせめて父娘の生活をサポートしようと心に決めたのだった。

料理の話に戻る。先日、遠足に行ったとき遭難した陽子を旅人が救ってくれたことがきっかけで、陽子はお礼に手料理を振る舞った。そのとき灯衣はいなくて、旅人だけが口にした。全部平らげてくれたので美味しくできたのかしらと気を良くしたのだが、後日、作り置きしておいた分を食べた灯衣にこう言われた。

「陽子先生って味オンチ？」

その一言で、旅人が無理して食べていたのだと気がついた。いや、彼には『味覚』がないはずだから、無理して、というのは間違いかもしれないけれど。

なんにせよショックだった。それから本格的に料理を勉強し始めた。母親に頭を下げて教えを乞《こ》うような真似《まね》もした。血の滲《にじ》むような努力があったのだ。

そして今日に至る。リベンジである。仕事が終わったらすぐに日暮家に押し掛けて今度こそ美味しい手料理を食べさせてやるんだから、と意気込んでいるのである。

この『今日のおかず百選』は、つまり、最終調整なわけだ。

「テイちゃんに美味しいと言わせてみせますよ。あの子、普段冷凍食品とか外食で済ませているみたいですからね。食育の何たるかをわからせてあげます！」

仕事柄、旅人が家を空けることは少なくなく、その度に人に預けられてしまう灯衣は極端に偏った食事をしていることが多いのだそうだ。

保育士として放っておけない。陽子はむふんと鼻息を荒げた。

「あら〜、意外と策士だ。将を射んと欲すればまず馬からってか。なるほどね〜、子供を手懐ける方が確実ってわけね」

「……先輩の仰《おっしゃ》っていることはよくわかりませんが、一家庭に首を突っ込んでいることに目を瞑《つぶ》って頂けますか？　日暮さんに任せていたらテイちゃんが心配で」

「はいはい。わかってるわよ。せいぜい頑張ンなさい。私は山川の味方だから」

なんだか変に誤解されている気もするが、何を言っても無駄だと諦《あきら》めた。

智子先輩は、お先に、と職員室を出て行った。気がつけば、居残っていたほとんどの保育士がすでに帰り支度を始めている。陽子は慌てて日誌を書き殴り、皆から三十分ほど遅れて園を出た。

家には帰らずに、進路は駅の西口、夜の盛り場へ。日暮親子が住む『探し物探偵事務所』が入っているビルは、繁華街の中心にあった。

日暮旅人は探し物専門という一風変わった探偵だった。陽子も以前失《な》くしてしまった宝物を見つけてもらったことがある。旅人がどんな物でも見つけ出せるのは、彼の持つ特殊な『目』の力のおかげであり、その正体は今もって不明だ。

旅人はどうしてあの『目』を持つに至ったのか。

生まれつきではないだろう。彼は『五感』の概念をきっちり把握している。何かしらのきっかけがあったはずなのだ——というのは旅人をよく知るお医者様のお言葉で、陽子は半分も理解できなかったけれど、旅人の過去に何かあったことはあの目を見ればわかる。

あの、哀しい目。

いつもどこか遠くを見つめているような、そんな目だ。

旅人に見つめられると息が詰まる。何もかもを見透かされているかのような、心を裸にされたかのような。けれど、それは決して暴力的でなく不快な感じもしなかった。自分でも気づかない何かを、旅人を通して気づかせてくれる感覚。さらに、許されたと感じられるほどの包容力まで備わったその目に、陽子は魅了されていた。

彼の目に映るモノを一度でいいから視《み》てみたい。

何を見て、何を感じ、何を思うのか。知りたい。

あの人が背負っているモノを理解したい。

……これは単なる興味本位だろうか。陽子は自分の気持ちがわからなかった。

幼少の頃に引っ越しして会えなくなった初恋の男の子の、その後の人生を勝手に想像して、現在の旅人とその子を重ねた。もしかして本人なのでは、と都合よく結びつけて旅人の身の上を儚《はかな》んだ。とても失礼なことだし、それは陽子も自覚している。けれど、初恋の男の子を引き合いに出してでも旅人を理解したい気持ちが勝ったのだ。

そして、それくらいしないと近づけないほどに、旅人の体質は陽子の常識を超えていた。

旅人には『視覚』以外の感覚が無かった。

聴覚、嗅覚《きゅうかく》、味覚、皮膚感覚。五感のうち四つを損失して旅人は生きている。視覚の中にすべての感覚を取り入れて、旅人は世界を映しているのだ。

なのに、旅人は優しい。それだけの不幸を背負えば普通は屈折しそうなものなのに。

不幸だと決め付けるのもおこがましいけれど。

灯衣と幸せそうに暮らす彼を見て、想いはますます膨らんでいく。

せめて今のままの時間がいつまでも続きますように、と。

彼が目に負担を掛けないようにしっかりサポートしてあげよう。動機の本質はわからないけれど、したいことははっきりしている。陽子は毅然《きぜん》と前を向く。

同情なんかじゃない。もちろん興味本位なんて軽々しいものでもない。日暮親子が好きなのだ。気に入った人が幸せであってくれたなら、と願うのは当たり前の感情だ。

陽子は、だから、関わろうと決めた。

自分にできることをしてあの人たちを喜ばせてあげたい。それが目下のところ料理なのだった。

「今日こそは絶対に喜ばせてやるんだから」

この前みたいな失敗作はもう作らない。灯衣にも美味しいと言わせてやる。途中で寄ったスーパーで買った食材を両手にぶら下げて、陽子は意気揚々と歩いていく。

目的のビルに到着し、エレベーターで六階まで昇り、降りてすぐ正面のガラス扉の前で立ち止まる。『探し物探偵事務所』の文字が印刷されたプレート。ドアノブに引っ掛かった『CLOSED』の札。ガラス扉の向こうは電灯一つ点《つ》いていない真《ま》っ暗闇《くらやみ》。

いつもだったら誰かしら在宅しているくせに。

「どうして今日に限っていないのよーっ⁉」

陽子は天井を見上げてそう叫ぶのだった。


旅人の姿は洋食店『ＫＡＧＥ』にあった。四人掛けテーブルには灯衣と、仕事のパートナーである雪路《ゆきじ》雅彦《まさひこ》も同席していた。

閉店間際の店内は客が疎《まば》らで旅人たち以外には一組しかいなかった。出された料理に舌鼓を打ち、食後のコーヒーを飲んでまったりとする。

マスターの鹿毛栄一郎が灯衣にケーキセットをサービスして出した。

「テイちゃんはいつも美味しそうに食べてくれるからね。そのお礼だ」

「小父《おじ》様、ありがとう。けれど、美味しいものを美味しそうに食べるのは当然なんだからお礼されることじゃないのよ？」

「あっはっは、言うなあ」

小父様、という響きもくすぐったいようで、栄一郎はだらしなく顔を綻《ほころ》ばせた。

「あのな、ガキが一丁前に遠慮しなくていいんだよ」

「わかっているわよ、ユキジ。もちろん喜んで頂くわ」

そしてイチゴのショートケーキにフォークを突き刺し、パクリ、と頬張った。灯衣は目を線にしてケーキを味わう。自然と両足がプラプラ落ち着きを無くす。とても気に入ったようだ。

「ユキジ君たちももう一杯飲むかい？　お得意さんだ。サービスするよ」

「悪いね、マスター。でも、もうお腹いっぱいだ」

「ご馳走《ちそう》様でした。ケーキまで頂いちゃって、ありがとうございます」

旅人に礼を言われて、栄一郎は慌てて手を振った。

「やだなあ、旅人君にはこっちがお礼を言いたいくらいだよ。この前は本当に助かった。ありがとう。いやあ、探し物に関しては本当に名探偵なんだなあ、旅人君は」

「……この前ってのは何だ？　アニキ、まさか」

栄一郎を手で制し、雪路は旅人を振り返った。

雪路の恨めしげな視線を受け止めて、旅人は柔らかく微笑《ほほえ》む。

「お客さんで店内に忘れ物をしたっていう人が騒いでいて、僕はそのとき偶々《たまたま》居合わせたんだけど」

すぐさま栄一郎が引き継いだ。

「その人の言う忘れ物ってのがどこにも無くてねえ、店員が確かめもせずに処分したんだ弁償しろ、って文句を言ってくるから困っていたんだ。そこへ旅人君がやって来てお客さんの忘れ物の在《あ》り処《か》を見事に探し当ててくれたんだよ。なんとお客さんの車の中さ。その人は恥ずかしくなったんだろうなあ、それ以来食べに来てくれなくなったよ」

「無くした物が牛丼屋の割引券では無理もないでしょう」

「見つからないと高をくってからは、すごい高価なモンだった、って嘘まで吐き出したからなあ。有名歌手のプラチナチケットとかなんとか」

旅人と栄一郎は声に出して笑ったが、雪路は「それで？」と旅人に詰め寄った。

「まさか無料《タダ》か？　また無料働きか？」

「僕がでしゃばってしたことだからね。お代なんて頂けないよ。ユキジ、顔近い」

「あーもー、アンタって人は！　どうしてそう無欲なんだ⁉　そういうときはここぞとばかりに自分を売り込めよ！　探偵は趣味じゃねえんだぞ⁉」

「もちろんお仕事だよ。たくさんの人に名刺を配れたし、良い宣伝になったと思う。顔、近いってば」

なぜか言い争う二人を栄一郎は止めた。

「ストップ、ストーップ。もしかして、私のせいで揉めてます？」

「マスターのせいじゃねえって。この人の意識の無さが問題」

親指で指し示す先では、旅人が灯衣に向き直っていた。

「ほらテイ、お口がクリーム塗《まみ》れになってる」

「んー」

灯衣の口元を拭《ふ》いてあげていた。「おい、無視すんな！」と怒鳴る雪路に同情するように、栄一郎は苦笑を浮かべて「ごゆっくり」と後ろに下がった。接客はほどほどが肝心だ。お客さんはあくまでも料理を楽しみに来ているのだ。自分のつまらない会話で盛り下げてはならず、引き際は心得ていた。

「おいちゃん明日の仕込みがあるから、ホールの方は後任せたぞ、俊」

甥にそう言って厨房へ戻る。

俊は黙って頷いた。

最後の客の会計を済ませてから、俊はコーヒーのお代わりを持って旅人たちのテーブルにやって来た。

「おい、頼んでねえぞ」

「気持ちですから受け取ってくださいよ。もうお店も閉めましたからゆっくりしていってください」

低姿勢の俊に、雪路は「仕方ねえなあ」と満更でもない表情で二杯目を口にした。うたた寝し始めた灯衣を膝《ひざ》に乗せて、旅人もコーヒーカップを手に取った。

「んで、依頼ってのは何だ？」

この日、旅人たちが洋食店『ＫＡＧＥ』を訪れたのは何もディナーを楽しみに来たわけではない。依頼を受けるためだ。

俊は旅人からもらった名刺を頼りに探偵事務所を訪れ仕事を依頼した。今日はその話をするためにわざわざ旅人たちを店に招待したのだった。

「その前に、このことはマスターには内密にお願いします」

小声でそう懇願すると、旅人が尋ねてきた。

「俊君でしたっけ？　マスターの息子さんですか？」

「いいえ、甥です。親戚の伝手《つて》で働かせてもらっているんです」

「マスターには内密に、とわざわざお願いするくらいですから、知られるとまずいことなんでしょう？　いいんですか？　ここでこのようにお話ししても」

ホールから厨房まで距離があるとはいえ、同じ店内だ。聞かれる恐れがあるぞ、と忠告してくれていた。

「大丈夫です。今頃マスターは仕込みで手一杯で、閉店後もしばらく厨房から出て来ませんから。味付けの微調整に神経使ってますからね、雑音は一切耳に入らないんですよ。……困ったことに」

生粋の料理人と言えば聞こえは良いのだが、そのせいか無防備なところもあった。俊が働き出してから売上の計算やお金の管理などを徐々に任されるようになったのだがあまりにも杜撰《ずさん》な管理だったために、よくこれまで経営が成り立っていたな、と呆《あき》れたほどだ。

「俊君を信頼しているんでしょう。料理に没頭できるのはその証拠ですよ」

澄んだ瞳に見つめられてどきりとする。俊は赤面した。

「それで、何を探してほしいんだ？　ここに呼んだからには店内にある物なんだろう？」

しかも閉店間際の時間を指定したのだから、すぐにでも探索に乗り出せるよう図ったのだろうと雪路は思ったようだ。

「はい。探して頂きたいモノはここにあります。——ところで、皆さんは今日何をお召し上がりになりましたか？」

旅人と雪路は顔を見合わせて「ハヤシライス」と声を揃《そろ》えた。洋食店『ＫＡＧＥ』

の看板メニューなのだ。外すことはない。

「他の料理も美味いけどな、やっぱりここの定番はハヤシライスだろう」

「ユキジなんて週に一度は通うくらいのファンですからね」

雪路が常連であることはもちろん俊も知っている。いつも灯衣を連れて夕食時に現れるのだ。父親が旅人だということは今日初めて知ったのだが。

「それが何だってんだよ？　依頼と関係あんのか？」

ハヤシライスを注文してくれたとは、話が早い。俊は、一瞬躊躇った後に決意を込めて頷いた。

「関係あります。僕が探してもらいたいのは、味なんです」

二人は呆然《ぼうぜん》と俊の言葉を聞いていた。

「味って？」

俊は改めて口にした。

「このハヤシライスの隠し味を見つけ出して頂きたいんです」

そのハヤシライスは洋食店『ＫＡＧＥ』の看板メニューとして、三十年間変わらぬ味を守り続けた。ほどよいコクと苦み、後に広がる甘みとまろやかさ、そのバランスは美食家の舌をも唸らせるほどだ。隠し味に使われている物は料理長でもある栄一郎しか知らない。元々は栄一郎の祖父が編み出したもので、栄一郎がその味と洋食店『ＫＡＧＥ』を引き継ぎ現在まで残している。

次は自分が引き継ぐ番だ。俊は本気でそう思っていた。

栄一郎にお店を継ぎたいと言ったとき、まさか却下されるなんて夢にも思わなかった。自分が未熟なのはわかっている。これからも一人前になる努力を怠るつもりはない。あくまでも目標のつもりだったし、そのように言えば栄一郎は喜んでくれるものと信じていた。

けれど、栄一郎は「俺の代で終わりにする」と言った。俊がどうであろうとも、味もお店も継がせるつもりはないと、はっきり言ったのだった。

＊

それからしばらく経《た》ったある日のこと、俊は事務所で偶然栄一郎宛《あて》の手紙を見つけてしまい、読んでしまった。そこには、是非ともホテルの専属シェフとして推薦《すいせん》したい、といった旨のことが記されていた。

栄一郎は――おいちゃんはこの話を受けるつもりなのか。

俊にお店を継がせないと言ったのは、このことがあったからなのか。

いつまで、と期日は明記されていなかったが、この手の話は長引かせるとふいになってしまう恐れがある。受けるにしろ断るにしろ、そろそろ答えを示さなければならないだろう。

時間が無かった。栄一郎にも、そして俊にも。


「味、ねえ」

雪路が難しい顔をして呟《つぶや》いた。

「マスターは絶対に教えてくれないのか？」

「はい。味の継承がお店を継ぐ資格みたいなものですからね。無理でしょうか？」

「無理でしょうかって、ンなこと依頼してきたのおまえが初めてだからなあ。アニキ、どうよ？　できそうか？」

「やってみないことには何とも」

旅人も苦笑を浮かべて困った顔をしている。おかしな依頼だということは俊も自覚している。この料理を作った人を探してほしい、なら理解できるだろうが、その作り方を調べてほしいというのは明らかに探偵の仕事ではない。

料理人を自称するならば、それは俊が自ら行うべきことだ。本来料理というものは、試行錯誤を繰り返して納得のいく一つを生み出していく、芸術にも近しい探求の道である。他人の手を借りてレシピを奪い、それで味を再現したところで俊の手柄にはならない。

それでも、ズルをしてでもハヤシライスの味の秘密を知りたかった。料理人としての矜持《きょうじ》を捨ててまで欲しい物があったのだ。旅人に依頼の話を持ちかけた時点でもはや引き返すことはできなくなっている。

形振《なりふ》りなど構っていられなかった。

「よろしくお願いします！　僕に協力してください！」

頭を下げると、旅人が顔を覗《のぞ》き込《こ》んできた。じっと見つめられ、どういうわけか目を逸《そ》らせない。

「――――」

まるで心を見透かされたようで、恐《こわ》くなる。

　旅人は不意に微笑んだ。

「お受けしましょう」

「い、いいんですか⁉」

「僕もあのハヤシライスにどんな隠し味が使われているのか興味が湧《わ》きました」

　俊は、ほう、と息を吐いた。探偵という職種に関わるのは初めてで、どのような依頼だったら引き受けてくれるのかわからなかったから、もしかしたら「そんな仕事できるか！」と怒られるんじゃないかと心配したのだ。

　初めては何も依頼だけではなかった。

　その後には大切な契約交渉が待ち構えている。

「成功報酬だ。前金で貰《もら》うのはこの一割だ」

　雪路は懐から出した携帯電話の計算機機能を立ち上げて、打ち込んだ数字を俊に見せた。

「ざっとこんなもんだ」

「っ、ひゃ、……ご、……っ⁉」

　想像以上に高額だったために絶句した。探偵業ってこんなに儲《もう》かる職業なのか⁉

「払えないなんて言うなよな。何年掛けてもいいから払え。短期間で探し物が見つかるってんだから安いもんだろ。それとも、おまえにとってはこんなはした金が惜しくなるほど軽い依頼だったのか？」

「……っ」

雪路の言うとおりだった。本来ならば自力で探求しなければならない味をズルして見つけ出そうというのだ。たかだかこの程度の料金で引き替えられるならば確かに安いものだ。

「……払います。ですから、必ず見つけ出してください」

俊は一礼し、明日から本格的に捜索を開始することを取り決めて、踵《きびす》を返した。鼻息を荒げて、気持ち大股《おおまた》で歩き出す。

もう後戻りはできない。

おいちゃんに怒られることになるかもしれない。

それでも、俊には叶《かな》えたい夢があったのだ。

俊の姿を見送り、そろそろ店を出ようと腰を上げたときだった。雪路は旅人を意外そうに振り返った。

「てっきり、報酬はいらない、とか言い出すと思ってたんだけどな。一体どういう心境の変化だ、アニキ？」

灯衣を起こさぬように抱きかかえながら、ぽつりと呟いた。

「僕は料理人じゃないからわからないけれど、もしも無料で依頼をこなして俊君もそれに甘んじたとしたなら、彼に料理人を名乗る資格は無くなると思うよ」

冷たい言葉に、雪路はわずかに戦慄《せんりつ》した。

「アニキって偶に厳しくなるよな」

「俊君が望んでいたんだ。僕にはその『覚悟』が視えたから従ったまでだよ」

哀しい目をして、そう言った。


翌日、仕事上がりの俊を旅人たちが待ち構えていた。そのまま俊の住むアパートに雪崩《なだ》れ込むと、ハヤシライスに使われている隠し味の捜索を開始した。

「……僕はてっきりおいちゃんの後をつけて購入する食材を調べるんだと思っていました」

探偵というのは尾行が華の職業ではなかったか。あくまでも想像ではあったけれど、まさか正攻法で隠し味を探す羽目になるとは思っていなかった。

今、俊の住む部屋のキッチンでは、大鍋が野菜を煮込み、その隣では小麦粉をバターで炒《い》るなどして、ハヤシライスのルーを作っていた。

「まずはマスターが作ったハヤシライスと普通のハヤシライスを食べ比べてみないとな。何がどう違うのか確認しておかないと取っ掛かりが摑《つか》めないだろ？　その後で思いつく限りの食材とを混ぜ合わせて味を近づけていこう」

雪路がスプーン片手に居間から声を掛けた。俊は溜め息を一つ。

「こんなことなら貴方《あなた》たちを雇う意味無いじゃないですか？　僕一人でもできますよ、こういった作業は」

「それでも結局わからなかったんだろ？　やるだけやってみて行き詰まったから探偵を雇った。そうだろ？　おまえが試して駄目だったからって、俺たちが試すことは無意味にはならねえよ」

「……」

理屈ではそうだが、どこまで本気なのだろうか。タダ飯を狙《ねら》っているように見えなくもない。旅人までもがにこにこ顔でキッチンを覗き込んできた。

「俊君、頑張ってください。美味しい料理期待してます」

「あのですね！　十分や二十分程度でできる料理じゃないんですよ、ハヤシライスはっ！　僕が作っているのは本格派のハヤシライスです。牛肉を赤ワインでたっぷり煮込む必要があるし、タマネギも焦げ付くまで炒《いた》めなきゃだし、野菜スープだって完成させなきゃなりません。何時間も掛かる料理なんです！　待っていたってすぐには出てきませんからね！」

「心配すんな。朝までだいぶ時間がある。あ、俺たちに気ぃ遣わなくてもいいからな。そっちに集中してくれ」

「ええっ⁉　できるまで待つつもりですか⁉　僕、明日も仕事あるんですよ⁉」

「僕たちは今が仕事中ですよ？　ほら、おあいこです」

「絶対おあいこじゃないです！」

それから旅人たちは居間を占拠してちゃっかり眠りにつき、宣言通りハヤシライスのルーが完成するまで居座った。

窓の外は完全に朝だった。

「うおおおっ、いい匂《にお》いだ！　こりゃ食欲をそそられる！」

「……どうも」

目の下にクマを作った俊が、恨めしそうに雪路を見た。雪路はどこ吹く風でご飯を装《よそ》い、ルーをかけて食卓に並べた。三つのお皿の上にはハヤシライスが山盛りにされている。

「すげえな、こりゃ。十分プロ級じゃねえか？　レトルトとは大違いだ」

「そんなもんと比べてほしくないですけど、賛辞として受け取っておきます」

「でも、マスターの味ではないね。コクとまろやかさが全然足りていない」

まだ口に入れていないのに、旅人はそう言い切った。俊は驚きに目を見張った。

何度も調理している俊には何がどれくらい足りていないのか口にしなくてもわかるが、さすがに他人が作ったものを見た目や匂いだけで判断することはできない。

旅人のそれは当てずっぽうなのか、それとも――。

「おおっ⁉　めっちゃうめえじゃん！」

がつがつと豪快に掻き込む雪路とは対照的に、旅人はスプーンを手にしたまま一口も食べようとはしなかった。

「食べないんですか？」

ただじっとお皿を見つめている。一体何に引っ掛かっているのだろうか。

「アニキには味覚が無《ね》ぇからな。食べても無駄なんだよ。むしろ手掛かりが減っちまうから無闇に食べられないんだ」

「味覚が、無い？」

そんな馬鹿な、と俊は思った。旅人がお店に来て料理を口にしている姿は何度も見ている。その度に美味しそうに頰を緩ませていた。あれが演技だったとは思えない。

「正確には、僕は視覚で料理を味わえるんです。口に入れるまでが食事で、口に入れてしまえば何を咀嚼《そしゃく》しているのかもわからなくなります。だから、僕は食事をするときはいつも隣にいる人の顔を見て表情を決めています。テイが美味しそうにしていれば僕も自然と美味しく感じられますから」

旅人の表情に悲哀の色は無かった。それが普通だと言わんばかりだ。

俊には旅人が不幸に感じられた。味覚が無いだなんて、それだけで人生の半分以上を損している。

美味いものを食べたら元気になる。元気になったら美味いものはもっと美味くなる。おいちゃんが好んで口にする言葉だ。人間の活力は料理によって賄われるのであり、不味《まず》いものを食べたって元気は出ないし、まして味覚が一切無いだなんて生きている実感すら湧かなくなるはずだ。俊はそう思った。

「味覚が無いなら、なおさら意味無いじゃないですか。見た目でわかるのは色の違いくらいなものです。食べ比べしても無駄ですよ」

「アニキにはアニキのやり方がある。もうちょい黙って見てろ」

雪路はあっという間に平らげてお腹を擦《さす》っている。とても満足そうにしているので、寝不足で気分が晴れなかった俊も作り手として嬉しくなる。

「いやぁ、美味かった！　ごちそうさん！　……まあ、なんだ。美味いことは美味いんだが、マスターの味とは全然違うな」

「わかっています。僕が作ったのはあくまでもオーソドックスなハヤシライスですから。これに何かを加えているはずなんです」

「ちなみに、俊は何を加えたことがあるんだ？」

「隠し味の定番ですよ。醬油《しょうゆ》、味噌《みそ》、塩、ウスターソース、ミルク、生クリーム、バターなどなど。濃い味になるか、マイルドになるか、極端に変わってしまうんです。おいちゃんが作るような絶妙なバランスのコクとまろやかさを出す調味料がわからない」

「コクとまろやかさ、か。あと、どっか甘いんだよな。まろやかさとは違った、きっちりとした甘みがあると思うんだが」

「ユキジさんって意外と味に敏感なんですね」

「おう。俺も趣味で料理くらいするからな」

「へえ、どんな料理を作っているんです？」

　雪路の創作料理の話で思いの外盛り上がってしまった。はっとして旅人を振り返ると、旅人もようやくハヤシライスを口にし始めた。

「どうですか？」

　味覚が無いという話を忘れて、思わず美味しいかどうか訊《き》いていた。しかし、旅人の回答は予想外のものだった。

「三つでした」

「何がですか？」

「足りていないモノです。マスターと俊君がまったく同じ作り方をしているとは思えませんから、はっきりこれだと指摘することはできませんが。けれど、マスターのハヤシライスにはさらに二つの食材が使われていることまではわかりました」

「食材？」

　調味料ではなく、食材。原形が無いのはソースに溶け込んでいるからか。

　考えなかったわけではないが、栄一郎が仕入れる食材に変わった物は無かった。それらすべてを試したとしてもどんな味になるかは知れている、初めから度外視していた。

「もしかして、普段から目についている物を使っているんでしょうか？」

「掛け合わせると味なんていくらでも変わるからなー。組み合わせだけでもとんでもない数になるし、その上配分まで考えると無限大だ。そん中からあの味一つを見つけ出すのは、こりゃ意外と骨かもしれねえぞ、アニキ」

難しい顔をする雪路に、

「まだ始めたばかりだよ。探し物はこれからさ」

旅人は自信ありげに微笑んだ。

＊

夕方、旅人は一人で洋食店『ＫＡＧＥ』の厨房にやって来た。ここに来れば何かしら手掛かりがあると思ったようだ。旅人が厨房にいられるのは栄一郎が買い出しに行っている今しかなく、他の従業員たちにも協力してもらって調査に乗り出しているのだが、俊は栄一郎に感づかれるのではないかと冷や冷やしている。

「しばらく帰って来ないのでしょう？　なら平気ですよ。すぐ終わります」

「時間が問題じゃなくて、無闇に触れられたくないんです。おいちゃ、……マスターはそういうことには敏感なんです。調味料が定位置から少しでもずれてたら気になって仕方ない人ですから」

と、言っているそばから旅人は無遠慮にあちこちを物色し始める。見掛けによらず神経は図太いようで、力加減を知らないのか鍋や食器を投げるように移動させる。

「ちょっと！　気をつけてください！　お皿割る気ですか⁉」

旅人の行動の一々に肝を冷やされる思いだ。

「ああ、すみません。僕、不器用なんで」

自覚しているなら止めてほしい。雪路がこの場にいたら旅人を止めてくれただろうか。所用で帰ってしまったことが悔やまれる。

ある程度厨房を物色できて満足したのか、旅人は顎《あご》に手を添えて黙り込んだ。考える素振りは何に触発されてのものか。気に掛かったが、それよりも俊にはどうしても知っておきたいことがあった。

「日暮さんはどうやって隠し味に食材が二つ使われているってわかったんですか？」

雪路が疑いもせずに「ならば」と話を進め、ついついそれに流されてしまったが、肝心の証拠はいまだ提示されていない。いくら名探偵といえども直感だけでは事件を解決できないわけで、必ず手掛かりとなる物を見つけているはずなのだ。

しかも、旅人には味覚が無いと来た。

味覚も無しにどうやって食材を判別できたというのか。

「まさか食感ですか？」

「いいえ。見た目です。言いませんでしたっけ？　僕は視覚以外の五感が欠落しています。ですから、手掛かりとなる物はすべてこの目に視えたモノということになります」

なんでもないことのように言うので思わず聞き流すところだった。

「五感が、欠落？」

「はい。僕は音を聴くことができませんし、匂いを嗅《か》ぐこともできません。代わりに、それらの情報をこの目で『視る』ことができるんです。音は形として、匂いは色として。ああ、触覚もありませんから、そのせいで不器用になってしまいました」

「……」

味覚だけでなく、聴覚も嗅覚も触覚も無いだって？　そんな人間がこうして普通に会話できたりするだろうか。

「僕の場合、会話は『場』の情報を視て行っています。そのときの状況や相手の口元、性格、予想し得る台詞《せりふ》を読み取って会話を拾っているんです。だから電話のように相手が見えないと会話が成立しません。音が視えませんからね。逆に、僕の発音は相手の反応を視て微調節しているんです。……たぶん、ですけれど。僕にそのような自覚はありませんので。これは正常な感覚を持つ人が僕の体質を理解しようとして立てた推測に過ぎませんから、本当のところは誰にもわかりません」

「……う、うーん？　つまり、『音が視える』というのはあくまでも比喩《ひゆ》ってことですか？」

「もしかしたら僕の脳味噌が『音は視えるもの』と誤解しているのかもしれませんね。けれど、実際に視えている『音』は本物なんです。他のモノもそう。……信じられませんか？」

　表情を読んだのだろう、旅人が哀しげに俊を見ている。

「では、少しばかりこの目の力を披露してみましょうか。普段貴方が使っている包丁はこれですよね？」

　ラックに収納されている包丁の一つを指差す。それは確かに俊が愛用している包丁であった。疑わしげに旅人を見つめ返す。

「物には持ち主の使った『跡』が残ります。俊君が使っている跡。それを発見したんです。だからこの包丁が貴方の物だとわかりました。

　料理も同じです。作った人の『跡』や『癖《くせ》』などが料理に残ります。それが『味』になるんです。僕は料理をしませんからどの食材を使うとどのような味になるのか、そういった細かいことまではわかりません。しかし、同じ料理を二つ並べたなら使用されている食材の数くらいは把握できる。俊君とマスターのハヤシライスの違いをね。僕には視える。視えたから、その違いを教えました」

「それが二つの食材」

「ええ。ですが、やはり料理というのは難しいものですね。ここに来ればはっきりとした手掛かりが摑めると思っていたんですけど、そう簡単には行かないようです。食材は調理されると味や形、香りまで変化してしまう」

旅人はゆっくりとした歩調で歩き出し、飲み物が入ったショーケース冷蔵庫の前で立ち止まる。

「そのせいでまだ一つしかわかっていません。その一つとは、おそらくこれを使っています」

中にはジュースやお酒の缶が並べてある。その手前、従業員のおやつ用に常備されているお菓子が横たわっていた。旅人はそれを指差した。

ビニールにラッピングされた一口大のチョコレート菓子。

「チョコレート？」

俊が訝《いぶか》しげに呟いた。そんなはずはない、と内心思いながら。

「はい。マスターのハヤシライスにはおそらくチョコレートが入っています。ここでこうして見つけられたから、そうだと確信できました。しかし、これ一つしか今のところは、」

「待ってください。チョコなんて使っていません。そんなの使ったら簡単にわかっちゃいますよ」

僕は我慢できずに反論した。バカにするなと言いたかった。チョコの味にも気づけないほど間抜けではない。

チョコの原料であるカカオはクセが強く独特の後味を口の中に残す。どんな料理に紛れようとチョコレートの風味は簡単には消せない。分量を少な目にすればその限りではないが、それでは隠し味にならない。チョコレートを隠し味に使うならばその風味を活かさなければ意味がないのだ。

風味や味でなくコクだけを出すのが目的ならば他にも代用できる食材があるはずで、ますますもって栄一郎がチョコレートを使っているとは思えなかった。

「何かの間違いじゃ……」

しかし、旅人の目には一切迷いが無い。その迫力に圧《お》されてしまい、僕は何も言えなくなった。

「試してみては如何《いかが》ですか？　ハヤシライスにチョコレート」

俊だけでなく、他の従業員も半信半疑な目つきで旅人を見つめた。もしも旅人の言う通りだったとしたら、俊だけではそこに到達することはできなかっただろう。初めから無いと決めつけていた食材だ。

もしかしたらという期待もある。今は旅人に懸けてみてもいいかもしれない。藁《わら》にも縋《すが》る思いは依頼する前から変わらないのだから。

「俊君は料理人としてあのハヤシライスの味を再現してみてください。僕は探偵として隠し味を探してみせますから」

旅人はそう言うと厨房を出て行った。


そして、五日が過ぎた。一向に旅人は現れず、やはり無理だったかと気を落としかけた。俊も、俊なりに味の再現を試みた。チョコレートを使って、チョコレートの甘さだけを消してくれるもう一つの食材を探してみたが見つけ出すことは叶わなかった。

「おいちゃん……」

手を伸ばしても届かない場所に栄一郎はいた。隠された味が大きな壁となって俊の前に立ちはだかる。

——あの味を手に入れられれば、僕は前に進めるのに。

「お待たせしました。ようやく見つけましたよ」

そう言って厨房に入ってきたのは旅人だった。手にしている食材を掲げ、それを見た俊は大いに驚いた。

「それが隠し味？　……そりゃチョコと相性はいいでしょうけど、これじゃあデザートですよ。ますます甘ったるくなってしまう」

「試してみましょう。これがマスターの味のはずですから」

チョコ入りハヤシライスに新たな食材を投入する。スプーンで掬《すく》って口にした瞬間、俊は思わず顔を上げていた。

「日暮さん、これ……っ！」

「はい。マスターの味に一歩近づきましたね」

優しく微笑む旅人につられて、俊も笑みを溢《こぼ》した。

＊

アパートを出てすぐのところで旅人と遭遇した。

「旅人君。どうしてまたこんなところに？」

栄一郎は自分を待ち伏せしていたのだと直感した。その証拠に、旅人は栄一郎から目を離さない。澄んだ瞳に見つめられて、栄一郎は息を詰めた。

旅人はにこりと笑った。

「もちろん、マスターに会うためですよ。せっかくの休日に申し訳ないのですが、ついて来て頂けませんか？」

「……どこにだい？」

「お店です。俊君が待っています」

栄一郎は訝しげに目を細めた。旅人と俊という組み合わせが奇妙に思えたからだ。

しかし、断る理由もないので素直に頷く。

「俺もお店に寄るところだったからちょうどいいよ。それでどんな話があるのかな？」

もしや、という予感はあった。

振られる話の内容がハヤシライスのことならば、栄一郎からもまた言わなければならないことがある。

「俊はお店を継ごうと躍起になっているのかな？」

「さあ、そこまでは聞かされていません。ただマスターに認めてもらおうと頑張って料理を作っていました」

　栄一郎は盛大に溜め息を吐いた。

「そこまでして知りたいかねえ、ハヤシライスの味を」

「どうしてハヤシライスだと？」

「俊のお気に入りだったからねえ。以前にも教えてほしいと乞われたことがあるし。随分昔に言ったことがあるんだ。この味は代々受け継いできた味だ、って。洋食店『KAGE』の看板メニューであり、お店の心臓部分でもあるんだって大袈裟《おおげさ》に言っちまいまして。それ聞いたときの俊の顔ときたら」

　目を輝かせるほどのものでもなかろうに、と呆れ返ったほどだ。

　思い出して、少しだけ口元が緩んだ。

「焦ることないのになあ。おいちゃんのハヤシライスが一番だと思っているうちはまだまだだよ。そう思わない？」

「誰かにとっての一番は他のものと比べられるものではありませんから。俊君が必死で会得しようとしているんです。その気持ちだけは理解してあげてください」

　旅人に諭されて、栄一郎は苦笑気味に頭を掻いた。

「わかっているさ。うん」

俊の気持ちは理解しているつもりだ。あの店は俊の唯一の居場所だ。大切に想う気持ちは、もしかしたら栄一郎以上にあるのだろう。

しかし、味を継げばお店も任せてもらえると考えるのは安直過ぎるのではないか。俊ももう子供じゃない。それくらいの分別はあるだろうし、将来のことも現実のこともきちんと見据えているはずで、栄一郎が跡を継がせない理由だって理解していると思っていた。

何が俊をそこまで突き動かしているのだろうか。

まさか引き抜きの話をどこかで聞きつけたのか。もしもそうなら俊が焦るのも仕方がない。閉店が遠い未来の話でないことを俊は知っているのだ。

「でもね、旅人君。俺はあいつにお店を継がせる気はないんだよ」

商店街の入り口に差しかかって、栄一郎は周囲に目を走らせた。

「知ってるかい？　ここは今や激戦区なんだ。飲食店の入れ替わりが激しいせいで常連客が付きにくい状況にある。売上は年々下降の一途だ。ここで店を続けていくのは正直難しい。

……俊も知っているはずなんだがなあ。あいつが売上の計算してんだから気づいてないわけないよ。俺はあいつに苦労させたくないんだ。だから、無理に継ぐ必要もない」

「そういうことは話し合われないんですか？」

「あー、うーん、ちょっとねえ、色々と事情があるんだよ」

栄一郎の栄転の話。俊の母親の手紙のこと。そして、お店の経営状況。このタイミングで様々な波が押し寄せてきたのだ、栄一郎ひとりで抑えきれるものではない。けれど、考えてみればすべてのことは連鎖的に作用する。店を潰しても栄一郎には新しい仕事があり、俊にも待っていてくれる家族がいる。

「……」

身勝手なことを考えて自己嫌悪に陥る。清美が待っている家族だって？　冗談じゃない。何年もほったらかしの息子を今になって返せとは厚かましいにも程がある。それも手紙一つ寄越すだけで。無神経が過ぎるではないか。あんな奴《やつ》が母親だなんて俊が可哀想だ。

「まだ潰しちゃいけない。……けど、どうしたら」

栄一郎は立ち止まりぶつぶつと独り言を口にしながら思考の渦に飲まれていく。隣にいる人間の存在などすっかり忘れてしまっている。

「マスター」

「ん？　ああ、申し訳ない。色々考えちゃってなあ」

再び歩き出そうとしたところで、不意に旅人に腕を掴まれていた。驚いて振り返ると、旅人と正面から目が合った。どきりとする。

まるで心まで見透かされているようだ。

「お願いがあります」

「な、なんだい？」

「俊君がマスターの味を再現、……いえ、超えるものを作ることができたら、そのときは俊君の希望を叶えてあげてくれませんか？」

「なっ」

それは、俊にお店を任せろということか。

「どうしてそんなことを？」

「僕はこの一週間、俊君をずっと見てきました。彼からは堅い『決意』と『覚悟』が視えたんです。生半可な気持ちじゃない。もしもマスターの舌を唸らせられたなら、マスターを納得させることができたなら」

「さっき言ったこと聞いてたの？　ここでの商売はもう無理なんだ。いや、俊ならば立て直すこともあるいはできるかもしれんがね、でも、あの子はまだ若い。外の世界を知らなすぎる。あのお店に縛りつけておくのは俊のためにならないんだよ」

本気で料理人を目指すなら、栄一郎ではなくもっと立派な人に師事した方がずっといい。それは前々から思っていたことだ。

「……」

瞬間、気づいてしまった。

——ああ、そうか。俺が俊を離したくなかっただけなのか。

俊をお店に置いているのも、閉店する気でいながらそのことを俊に告げずにいるのも、清美の手紙に憤慨するのも、みんな俊を独占したい気持ちの表れなのだ。

我が子のように錯覚して子離れできなくなったのは、自分の方だった。

「そうだった。もっと早く俊を外に出しておくべきだったんだ」

旅人が黙って頷いた。哀しい瞳に吸い込まれるように、栄一郎は懺悔《ざんげ》の言葉を口にする。

「白状するとね、本心では俊にお店を継いでもらいたいって思っていたんだよ。苦労を掛けさせたくないとか言いながら、妹の元に返すのも嫌だった。だから、こんなギリギリになっちまった。本当はわかっているんだ。家族の元に返すべきだってことくらい。俊のためを想うならそれが一番だ。でも俺は、どっちつかずのまま、いまだに迷っているんだ」

継がせる気もないまま手元に置いておこうとした。自分の仕事の当てだけは確保しておいて、なんという卑怯者《ひきょうもの》。

「俊は良い料理人になる。俺は今、その邪魔をしているのだろうか」

摑まれていた腕が解放される。立ち尽くす栄一郎を、旅人が背中を押して歩くよう促した。

優しい声音が耳に届いた。

「俊君はお店のことも料理人になることも、あまり深く考えていませんよ」

「なんだって？　そりゃどういう、」

栄一郎の言葉を遮って、旅人は微笑んで言った。

「知っていましたか？　俊君は元々左利きだったんですよ」

謎《なぞ》の台詞を最後に、二人は洋食店『ＫＡＧＥ』に到着した。

店内は照明が点いているだけで、ＢＧＭは流れていないしブラインドも下ろされたままだった。当然だ。今日は休日で、栄一郎以外誰もやって来ないはずだ。栄一郎も買い出しがなければそもそも来る予定はなかった。

　ホールには栄一郎と旅人、そして厨房には俊がいるはずで、全部で三人しかいない。普段よりも寒々しく感じるのは仕方がないことだった。

　椅子を引く旅人に従って腰を下ろす。旅人は一旦《いったん》厨房に消えると、台車を押して戻ってきた。

「これなら落とす心配ないですからね」

　そう言ったものの、料理を台車からテーブルに移すときの手つきは危なっかしく、栄一郎は思わず手伝っていた。旅人は苦笑しつつ一歩後ろに下がった。

　栄一郎の目の前にハヤシライスが置かれた。

「……俊はどこに？」

「照れ臭いんでしょう。厨房で様子を窺《うかが》っています」

　もしも栄一郎の舌を満足させられなかったら、などと考えているのだろうか。出来《でき》がどうあれ元々俊のことは認めているのだ。

　だから、この味一つで何かが変わるわけではない。

「……いただきます」

　食した後にどんな結論を下せば良いのか。それだけに気を取られて、あまり深く考えずにハヤシライスを口に入れた。

「っ、……ッツ！」

栄一郎は驚愕《きょうがく》に目を開く。

美味しかった。味そのものは栄一郎が作るものと同じだが、それよりもよっぽど味わいがあった。つい慌てるように旅人を窺うと、旅人は一つ頷いた。

「マスターが隠し味に使っている物はチョコレートの他にもう一つありました。それはクルミです。殻から取り出したクルミをフードプロセッサでペースト状にしてチョコと混ぜ合わせたんです。チョコとクルミは元々相性が良く、しつこい後味を相殺しあって甘みとまろやかさだけを残します」

「……その通りだよ。けれど、よくクルミだとわかったねえ。ナッツ類は使いすぎると独特の香りを放つから少量しか加えていない。もちろんチョコもそれに合わせているから少しだけだ。チョコの味もクルミの味も上手く消したつもりだったんだが、どうしてわかったんだい？」

栄一郎は旅人に訊いていた。ここに至ってようやく旅人がいる意味がわかった。探し物探偵が解説してくれているのだから、見つけたのはおそらく旅人なのだろう。

「僕は目に見えるモノしかわかりません。調理されて、かつ混ぜ合わされた物の原形を探るのは正直難しい。しかし、『味』はともかく『匂い』は別です。チョコもクルミもほんの少しですが『匂い』が視えました。あとはそれを頼りに食材を探して、厨房にあったチョコに気がついたんです。

……けれど、クルミにはなかなか辿《たど》り着《つ》けませんでした。原形がこのお店にありませんでしたから」

クルミはいつもお店ではなく自宅でペースト状にしていた。意地悪で隠していたわけではなく、昔からそうしていたのでなんとなくそれが続いていたのだ。お店に無い食材だから探すのも一苦労だっただろう。

「先ほどもマスターが仰ったように、ナッツ類は独特の香りがあります。わずかにですがマスターの体に香りがこびり付いていたんです。その『匂い』が何なのか。それを探すのに手間取りました」

すると、旅人は決まり悪そうに苦笑した。

「実を言うと、この数日の間マスターを尾行させて頂きました。マスターが贔屓《ひいき》にしている仕入れ先を調べて、果物店を突き止め、そしてクルミに至ったんです。チョコとクルミを掛け合わせてハヤシライスに入れたとき、ようやくマスターのハヤシライスの『味』をそこに視つけることができました」

匂いや味を『見える』と表現する旅人に違和感を覚えながらも、栄一郎は得も言われぬ感動に襲われた。

　隠し味を当てられるのは、隠した宝物を見つけられたようでこそばゆい。簡単には見つからないけれどいつか誰かに見つけてほしい——、調理する度にそんな想いを抱いていた気がする。

「しかし、なんだろうなあ、このハヤシライスは明らかに俺の作ったものよりも美味しい。一体何が違うんだろう？」

　ハヤシライスを見つめて唸っていると、背後から声がした。

「何も特別なことはしていないよ、おいちゃん」

「俊……、おまえ」

　俊が前掛けを外しながら近づいてきた。栄一郎の反応が好感触だったので安心して出て来たようだ。疲労を浮かべた顔で弱々しく微笑んだ。

「おいちゃんのと違うのは、きっと、おいちゃんに食べてもらいたくて作ったハヤシライスだからだよ。おいちゃんのハヤシは不特定多数の人に食べてもらうために何十食分と作られるからどうしても大味になる。その点、僕はたった一人のために作ったから細かいところにまで気を配れたんだ」

　なるほど。雑味が無いのはそういうわけか。

栄一郎は苦笑する。

スプーンを置く。もう心は観念していた。

「俊、話があるんだろう？　聞こう」

ここで「お店を継ぎたい」と言われても栄一郎はもはや反対する気にはなれなかった。これだけのものを作れるのだ、俊に任せてもよいのかもしれない。

俊は栄一郎の正面に回り、深々と頭を下げた。

「俊？」

「おいちゃん、ごめん。僕、今月いっぱいでお店を辞めさせて頂きます」

それは予想だにしない言葉だった。

「……なぜだ？　俊、おまえ、ここを継ぎたいって言っていたじゃないか」

俊はふるふると首を振った。

「このお店は好きだよ。でも、もっと大切なことがあるんだ。おいちゃん、昔言ったよね？　どんな親でも否定するなって。親は大切にするもんだって。だから、僕は辞めることにしたんだ」

「おい、どういうこった？　何の話をしているんだ、俊？」

狼狽する栄一郎に苦笑いを投げかけて、俊は訥々《とつとつ》と語り始めた。

「両親が離婚したんです」

一ヶ月前から、父から頻繁に連絡を受けていた。長年抱え込んでいたわだかまりはついに解消されることなく、両親は離婚を決意した。父は身の振り方を考えておけとだけ伝えた。

正直、今さらどちらの親の元にも戻るつもりはなかったが、栄一郎宛に届けられた母からの手紙を読んで、俊は直接母に会いに行った。

母は俊の手を取って泣いた。貴方だけが頼りだと、そう言って。

なんて身勝手で、我が侭《わがまま》で、不器用な人なんだろう。

父がいなくなった今、誰がこの人を支えてやれるだろう。

そう思った。

「北海道で農場をやっている知人がいるらしく、そちらで仕事の面倒まで見て頂けるということで、母はすでに向こうに行っています。僕も支度が整い次第向かおうと思います」

だから、おいちゃんはホテルに再就職してもいいよ、とその目は語った。

栄一郎の迷いをすべて理解した上で背中を押したのだ。

——そして、俊は洋食店『ＫＡＧＥ』から立ち去った。

栄一郎は火の消えた厨房に入り、俊が使っていた包丁を手に取った。

「思い出したよ、旅人君。俊は左利きだったなあ。でも、この包丁は右利き用だ」

愛おしそうに眺め、旅人からの言葉を待つ。

「俊君はきっと料理人になりたかったんじゃなくてマスターみたいになりたかったんでしょう。マスターの真似をして料理を始めて、マスターと同じ包丁を使って利き手を変えて、そうして居場所を作ったんです」

頷く。きっとその通りだ。第三者である旅人が断じてくれたおかげでそう信じられる。

「哀しむことはありません。今度は自分の力で居場所を選んだんです。与えられたのではなく、俊君が選んで決めた道です。祝福してあげなくちゃ」

「ああ。せっかくの門出だもんなあ。それに、親を大切にしろって言ったのは俺だしなあ。文句なんてないよ」

苦笑を浮かべ、頭を掻いた。

「でっかくなったもんだ。もう泣き虫なガキンチョじゃない。俺も安心だ」

けれど、哀しい気持ちは誤魔化せない。

所詮、栄一郎は『伯父』でしかなく、実の親には勝てないのだ。

「マスターも俊君と固い絆《きずな》で結ばれています。親子の繋がり以上に強い絆です」

「……どうしてそう言える？」

旅人は哀しい目をして、一言だけ口にした。

「僕には視えますから」

栄一郎には見えない。当然ながら、そんなもの。

俊を預かって過ごした五年以上の歳月は果たして『甥』と『伯父』以上の絆を築き上げてくれたのだろうか。

「俊君がハヤシライスの味に拘っていた理由を考えればすぐにわかりますよ」

そのヒントに、栄一郎ははっとなる。

「なるほどな。引き継がれちまったわけか」

俊の包丁を眺めながら柔らかく微笑んだ。

＊

探偵事務所のリビングで旅人と雪路が向かい合って座っていた。

「寂しくなるな。鹿毛さん、来週で閉店だとよ」

「うん。でも、マスターはホテルでシェフをするのだし、俊君も引っ越し先で料理を続けるって言っていたから。ハヤシライスが食べたくなったらいつでも訪ねればいい」

「俺はあの店の雰囲気が好きだったんだよ」

お客が飲食店に求めるモノは何も料理の味だけではない。

雰囲気、居心地、接客サービス。味がいまいちでもその『空間』さえ気に入ってしまえば、客は自然とリピーターになってしまうのだ。そこには店主や従業員の人柄が強く出る。洋食店『ＫＡＧＥ』を気に入っていたということは、すなわちマスターや俊といった従業員が好きだったということだ。

「寂しくなるね」

旅人がしみじみと呟いた。

雪路は、うん、と大袈裟に伸びをして気分を入れ替える。

「ところでよ、あのネエチャンは何やってんだ？」

キッチンを振り返ると、どんがらがっしゃーん、と慌ただしい音が聞こえてきた。

「賑《にぎ》やかだね」

「その一言で片付けられるアニキがすげえよ」

押し掛けてきた陽子が灯衣と一緒に料理を作っているのだそうだ。

「手料理をご馳走してくれるって。テイも楽しそうだし、いいんじゃないかな」

「俺は心配だよ。あの人、料理してそうにはとても見えねえぞ」

「最近勉強し始めたって話だったけど」

雪路は額を押さえて溜め息を吐いた。どうせ後片付けは俺の仕事なのだ、と考えてふて腐れる。

「マスター直伝のハヤシライスを成功させるんだって張り切っているよ」

「いきなりハードル高過ぎだろう？　アニキも止めろよな、ったく。——あ、マスター直伝で思い出したけどよ、俊のハヤシライスには足りないモノが三つあるって言ってたよな？　あと一つは何だったんだ？」

チョコとクルミ。隠し味に使われた二つの食材以外に、もう一つ重要な隠し味が入っていると旅人は指摘していた。

旅人はキッチンを眺め、優しい笑顔を浮かべた。

「直にわかると思うけど、聞きたい？」

「ああ、いい。もうわかった。アニキが何を言うつもりなのか。どうせこっ恥ずかしいこと口にするつもりなんだろ？」

背中が痒《かゆ》くなることなら聞きたくない。しかも、これから出される料理にそれが入っているとか言われてしまうと食う気も失《う》せてしまう。

キッチンから旅人を呼ぶ声がした。灯衣が旅人に味付けを頼んでいる。

「ちょっと手伝ってくるよ」

旅人は視覚で『味』を把握するため正確な味付けができるのだ。だから味覚が無くてもそれなりに美味しく仕上げてくる。

旅人の背中を見送って、雪路は足を投げ出してだらしなく天井を仰いだ。

「……料理は『愛情』ってか？」

言って、寒くなる。旅人のことだ。どうせ「それが視えた」とかなんとか言うのだろう。

「ほんと、気障《きざ》な人だ」

雪路はやれやれと首を振って苦笑いを浮かべるのだった。

スプーンを左手に持ち、目の前のハヤシライスを掬って口に頬張る。

＊　＊　＊

「うん。美味い」

思わず笑顔が溢れる。我ながら改心の出来だ。

「おふくろも食べなよ」

テーブルに向かい合って座る母に、勧めた。母はまだ慣れないのか、俊の顔をあまり見ようとしない。

母は姓を『鹿毛』に戻し、俊も変えた。母子二人、北の大地で新生活をスタートさせ、ぎこちないながらもお互いに歩み寄ろうと努力している。

母は一口ハヤシライスを頬張った。

「……美味しい」

少しだけ表情を和らげる。俊は満足そうに頷いた。

「美味しいものを食べると、人は自然と笑顔になる。元気になる。それが料理の力なんだって、おいちゃんは教えてくれた」

「……あの人らしい言い方ね」

母にとって栄一郎は、苦手な、頭の上がらない存在らしかった。俊が話題にするたびに嫌そうな顔をする。

俊は、それでも、栄一郎のことを話した。

「けどさ、おいちゃんも気づいてない料理の力があるんだよ。人を元気にするだけじゃなくて。何だと思う？」

「さあ。わからないわよ、そんなの。料理の力なんて考えたこともない」

そう。それが普通だ。

日常的に作って食べるだけの料理にそれ以上の意味を考えるのは、よほどの暇人か哲学者だけだろう。料理人ならば、食べる人を喜ばせる、とか考えるかもしれないけれど。

「栄養だとか、そういうこと？」

「それは当たり前のことでしょ。空腹を満たすってくらいありふれた答えだ」

「じゃあ何なのよ？」

苛立《いらだ》たしげな口調に苦笑しつつ、俊は正解を口にした。

「それはね、絆だよ」

昔を思い出していた。

栄一郎に負ぶわれてお店に連れ帰られたあの日、ハヤシライスを掻き込む俊を嬉しそうに眺める栄一郎の、自慢げに話してくれた味の秘密。

「これなあ、おいちゃんの祖父ちゃんが編み出した味なんだ。俊にとっては曾祖父ちゃんだなあ。代々受け継いでいるんだ」

「おいちゃんはお祖父ちゃんから教えてもらったの？」

「そうだよ。おいちゃんの親父もそのまた親父から教わっているんだ。言うなれば家庭の味だなあ。これぞ鹿毛家、ってな」

そしてその味は、いつかおいちゃんの手から離れ、子へと受け継がれるのだろう。

お店は継げなくてもこの味さえあれば家族になれる。

「おふくろにも教えるよ。このハヤシライスの作り方を」

それが料理の力だ。

（了）

死体の行方

「十時半だ」

木内《きうち》が時刻を確認したとき、ちょうど目の前を白のワンボックスカーが通過した。

「あれがそうだ。追うぞ」

この時間にこの道を走ることは下調べの段階でわかっていたが、寸分の狂いもないことには少々驚かされる。牛島《うしじま》は助手席に座る木内の平然とした横顔を一瞥《いちべつ》すると、指示通り車を発車させた。

すべてが予定通りに進んでいた。一年以上も前から綿密に練ってきた計画がついに実行に移されたのだから、気分は弥《いや》が上《うえ》にも昂揚《こうよう》した。計画の骨格を築いたのは木内である。牛島は犯罪の片棒を担ぐ木内に絶対の信頼を寄せており、反面、その慎重さと正確性には時々畏怖《いふ》すら覚えるのだった。今このときも、木内の計画の穴のなさには舌を巻いている。

きっと前を走るワンボックスカーには予定通りの人員が乗車しているはずだ。確か運転しているのは六十代の男で、後部座席に控えているのが三十代の男だったか。聞けば、どちらも身長が低く細身らしい。格好のカモだ。牛島はアクセルを踏んで徐々に車間距離を詰めていく。

「衝撃に備えろ。河合《かわい》、準備はいいか？」

「お、おう。任せろ」

後ろから身を乗り出して頷くのは河合という男だ。木内の高校時代の同級生で、二人はよく連《つる》んでいたらしい。卒業以降はしばらく疎遠だったようだが、数年前から交流を復活させ、この度犯罪グループの一員に迎えた。牛島と木内は犯罪そのものに慣れていたが、河合は初めてだったので声が震えている。

速度を上げる。住所では市内であっても、この一本道の周囲に住宅は見当たらない。当然、人影も無い。右を向けば田園風景、左を向けば丘を削って固めた絶壁が聳《そび》えている。つまり逃げ場はない。速度を上げ続ける。このまま行けば百メートル先に十字路と黄色の点滅信号が見えてくる。普通の感覚ならば若干速度を落として角から進入してくる車に備えるところだ。案の定、ワンボックスカーは速度を落とし始めた。

牛島は思いきりアクセルを踏みつけた。そして急ブレーキ。

フロント部分がワンボックスカーの背後に接触し、その衝撃からワンボックスカーは滑るように車体を揺らして二回転、そのまま停まった。目の前で車が駒《こま》のように回る様は見ていて爽快《そうかい》だ。牛島は口元を緩めてハンドルを切る。徐行しながらワンボックスカーに近づき、追い越したところで停車した。

「河合、出番だ。牛島、頼んだぞ」

ドアを開けて飛び出したのは牛島と河合。残った木内がすぐさま運転席に移って、二人を残してそのまま走り去った。

牛島はまず運転席から出てきた男を殴りつけた。木内の言う通り六十も半ばを過ぎたオッサンであった。押さえつけ、手足を縛る。その間に、河合がワンボックスカーの後部座席に乗り込んで中にいた若い男を外に放り出した。牛島は受け止めると同時に地面に転ばせて同じように手足を縛った。

「よし！　早く乗れ！」

ワンボックスカーの運転席から河合が怒鳴った。牛島が後部座席に乗り込むと、車を急発進させる。

バックミラーで道端に転がる二人を確認して、河合は雄叫《おたけ》びを上げた。

「うおっしゃーっ、大成功だ！」

「うるせえぞ。まだやることが残ってるんだ。気ぃ引き締めろ」

「堅いこと言うなって。それより見たかよ、さっきの野郎。投げ飛ばしたら、ひぃ、とか言ってやがんの。木内じゃこうはいかねえだろ？　荒事は任せろよ」

「調子に乗るな。慎重に走らせろ。俺は金を確認する」

注意を受けた河合は舌打ちしてから押し黙った。牛島は手元を動かしながら河合の後頭部を睨みつけた。

牛島は河合が嫌いだった。

河合は自分のことを大男の力持ちのつもりでいて、常々喧嘩では負けたことがないなどと豪語してくる。しかし、四十絡みの男の武勇伝ほど冷めるものはなく、そのほとんどが学生時代の思い出とあってはチンピラ社会で生きてきた牛島からしてみれば失笑ものだった。河合など単なる肥満デブに過ぎず、喧嘩しようものなら一分と経たずに地面に沈める自信がある。

なぜ木内がこの男を信頼しているのか不思議でならなかった。肥満の河合と、虚弱そうな態《なり》をした木内を並べてみると親分とその子分といった風に見えなくもない。高校時代に二人がどのような力関係にあったのか想像に難くないが、河合は木内のことを現在でもどこか見下している節があるのだ。それが我慢ならない。

河合はとにかく考えが足りない。「木内にできるのなら俺にもできる」と勘違いしている。木内はこれまで恐喝《きょうかつ》や詐欺を牛島と組んで行ってきた。警察に追われるのも一度や二度ではない。場数を踏んできた木内とどうして対等以上になれるというのか。そして、木内を見下すということは、延《ひ》いては木内に一目を置く自分さえも見下されていることになる。だから河合という男は好きになれないのだ。

合流地点であるパチンコ店の駐車場に到着した。車種は異なるが同じ色合いの車が四台並ぶその列にワンボックスカーを停める。

窓を開けるとサングラスを掛けた男が近づいてきた。花村《はなむら》という男だ。

「ご苦労さん。時間ピッタリだよ」

「……ケースはどこだ？」

「ここに。ほれ、詰めれるだけ詰めなよ。木内はすでにスタンバってる」

牛島は厚さのあるトランクケースを受け取ると、その中にお金を詰め込んでいく。

作業を眺めていた河合が喉《のど》を鳴らして言った。

「なあ、入り切らない金は本当に置いていくのかよ？」

「そう言ったはずだが」

「もったいねえよ！　いいじゃんかよ、カバンごと持って行こうぜ⁉」

牛島は返事もせずに黙々と作業を続けた。かさばるのを防ぐためになるべく万札だけを選り分けているので時間が掛かった。結果的に河合の質問を無視する形となる。

見かねたのか、花村が説明役を買って出た。

「河合さん、アンタ聞いてなかったの？　この手のカバンには発信器が取り付けられているんだと。でもどこにどんな形で付いてんのかわからないから、カバンごと替える必要があるんだよ。小銭は持ち歩くには重くて邪魔になるっていうし、欲を掻いて全部持ち出したところで捕まっちまったら元も子もない。そういうこと」

しかし、河合は納得しない。

「んなこと木内が勝手に言ってるだけだろ？　あいつは昔から小心者でよぅ、それで何度損をしたことか」

牛島は小さく舌打ちした。

「嫌なら降りろ。木内の指示に従わない奴は仲間じゃねえ。あとペラペラとお喋《しゃべ》りが過ぎるぞ、花村。人に聞かれたらどうするつもりだ？」

「近くに人なんていないよ」

「用心しろって言ってんだ！　まだ何も成っちゃいねえぞ！」

牛島が睨みを利かせると、河合も花村も何も言わなくなった。

苛々する。馬鹿な河合もそうだが、花村の緊張感の無さには殺意を覚えることすらある。今まさに佳境という状況でこの軽さは命取りだ。本人だけでなく、仲間にも被害が及ぶ恐れがある。一番信用ならない男だった。

花村は、木内が会社勤めをしていたときの先輩だったらしい。木内曰《いわ》く、実績ではなく上司へのゴマすりで出世を勝ち取ってきた、非常に調子のいい男なのだそうだ。妻子がいるにも拘《かか》わらず家にはろくに帰らずに、退職した木内の家によく入り浸っているらしい。今回はまとまった金欲しさに便乗してきたようだが、単独で罪を犯せるような男ではない。不利と見るや真っ先に逃げ出すタイプだ。

牛島は、この二人には決して気を許してはならない、と自らに言い聞かせるのだった。

金を積んだトランクケースは木内が乗る車に載せる。牛島たちはダミーのトランクケースを手に持って、それぞれ振り分けられた車に乗って駐車場を出た。初めに乗ってきた車とワンボックスカーはその場に廃棄した。

牛島は市外に向けて車を走らせた。途中、警察を警戒して右折左折を繰り返し、二時間が経った頃、中継地点で車を乗り換えてさらに当て所もなく徘徊《はいかい》する。

朝はカラッと晴れていたのに午後になると雷雨になった。どしゃ降りの雨の中をひたすら走行し、日が完全に落ちて夜の帳《とばり》に包まれたときようやくアジトに到着した。

牛島が一番乗りだった。ほどなく他の三人もアジトにやって来て、四人は合流を果たすのだった。

牛島は荒い呼吸を繰り返しながら床に転がる木内を見下ろした。ぴくりともしない木内に、興奮が冷めていくにつれ徐々に不安が込み上げてくる。背後では河合と花村が息を呑んでいる。誰一人として事態を飲み込めずにいた。

どうしてこんなことに――、牛島は自問する。

計画はうまく行っていた。予定通り現金輸送車を乗っ取り、車を乗り換えることで警察の目も欺いた。花村が用意した乗り捨て用の盗難車から足が付くとも思えないし、このアジトが短時間で発見される恐れもなかった。何度もシミュレーションを重ね、穴がないことも確認した。

そして、実際にここまでうまく行っていたのだ。

なのに、歯車は突然狂った。

裏切り者の存在は、用心深い牛島であっても誤算であった。いや、用心深いからこそ裏切りの可能性を徹底的に考慮したつもりだった。河合と花村を最後まで信用しなかったのもそのためだ。

アジトに辿り着いたとき、別行動を取っていた木内がまさか現金をネコババするなど誰が予想できたか。単純に現金を持って逃げるつもりならこのアジトで合流する必要はなかった。木内は現金を隠したその足でやって来て、言ったのだ。

「奪った金は全額寄付する。俺は金持ちになりたかったわけじゃないからな」

このアジトで合流したのは現金を山分けするためだった。取り分をどのように使うかは個人の自由だ。非営利団体に寄付したければ好きにすればいい。だが、こいつは全額奪った。奪った上で、仲間たちに打ち明けたのだ。

「どういうつもりだ？　俺たちに何をさせたい？」

取引を持ちかけられているものと思った。わずかに残った理性で問《と》い質《ただ》すと、木内は牛島を鼻で笑った。

「おまえにしてもらいたいことなんてないよ。ただ一杯食わせたかっただけさ」

「なんだと」

「それだ。その顔が見たかった」

見下す目つきに牛島はあっさりキレた。

「きさまぁ！」

近くに転がっていた鉄パイプで頭部を殴りつけていた。木内は派手に吹っ飛び、床に突っ伏した。これ以上愚弄《ぐろう》するならば本気で殺すつもりでいた。

　しかし、木内はそのまま動かなくなる。興奮から冷め不安を感じ始めたとき、河合が駆け出して木内の容態を調べた。

「し、死んでる……」

「まさか」

「本当だ。息、してない」

　河合が青ざめた顔を向けてきた。鉄パイプが手から滑り落ち、カラン、と音を立てて転がった。

「し、っ」

　動揺をなんとか押し殺して言い直す。

「死んじまったもんは仕方がない。それより金だ。こいつはどこかに隠したんだ。なんとしても探し出すぞ」

　河合も花村も戦慄しているのが気配でわかる。仲間を殺しておいて平然としている（装っている）のだから当然だろう。

　牛島は迷う素振りすら見せずにアジトを出て行こうとした。河合が慌てて追いかけてきた。

「木内を放っておくのか⁉」

ここに死体を残しておいても大丈夫なのか、そう訊いているらしい。

「そんなことより金だ！　金はどこ行ったんだよ⁉」

珍しく花村も声を荒げている。二人の取り乱し様を眺めているうちに動揺が収まった。

「おまえら、落ち着け。俺に考えがある。木内については後回しだ。今は下手に動かすより放置しておいた方がいい」

三人は逃走用の車に乗り込み、牛島がハンドルを握った。どしゃ降りの雨の中を繁華街へ向かって走らせる。


金を探し出す手段を手に入れて再びアジトに戻ってきた牛島たちは、そこで我が目を疑った。アジトは相変わらず湿気が多くてカビ臭い。土足で踏み荒らした床は泥と雨水で濡《ぬ》れていて、つい数時間前に流れた血が生々しく広がっている。切れかけの蛍光灯が明滅しながら室内を薄暗く照らしていた。

木内の死体はどこにもなかった。

『次のニュースです。本日午前十時頃、市内の路上で現金輸送車が強奪される事件が発生しました。犯人グループは乗用車で現金輸送車に追突し、警備会社の職員をその場で拘束すると現金輸送車を奪い、同市内のパチンコ店駐車場にて別車両に乗り換え、輸送された現金二億三千万円のうち一億四千万円を奪って逃走しました。警察は、計画的犯行と手際の良さから暴力団の関与も視野に入れており、犯人グループの行方《ゆくえ》を追っています――』

＊　＊　＊

ラジオを切る。昼頃から頻繁に流れるニュースによって事件は世間の知るところとなり、牛島たちの焦りはいや増した。

外は依然どしゃ降りの雨だ。牛島は濡れるのも厭《いと》わずにアジトの周辺を見て回った。気づいたことは、用意しておいた盗難車の一台が無くなっていることだけ。確認を終えてアジトの扉を開けると、河合が探偵を椅子に縛りつけていた。

「目ぇ覚ましたか？」

「それがよ、こいつウンともスンとも言わねえんだ」

気味悪そうに探偵を見つめる。牛島は眉《まゆ》を顰《ひそ》め、河合を押し退《の》けると探偵の前に進み出た。

「よう、起きろや。日暮さん」

頰を殴りつける。しかし、探偵――日暮旅人は呻《うめ》き声すら上げなかった。

牛島は河合と花村に視線を向け、同意を得るように頷いてから旅人の目を覆っていたアイマスクを外した。すると、パッチリと開いている旅人の目が牛島を射貫《いぬ》いた。

「っ、きさま、起きていたのか？」

旅人は牛島の質問には答えずに、ゆっくりと周囲を見渡し、己の状態を確認する。

「……随分痛めつけてくれましたね」

まるで他人事《ひとごと》のように呟いた。拉致《らち》したときから何度も暴行を加えていたのだが、旅人はそれを今初めて知ったという顔をする。

「ここはどこですか？」

「俺たちのアジトだ。言っておくが、大声を出しても無駄だ。誰も助けになんて来ないし、下手なことをすれば俺たちも黙っちゃいねえ」

鉄パイプを拾って、ブン、と振り回す。旅人は恐れる様子も見せずに冷ややかに牛島を眺めた。そして、再び視線を室内に向けた。

「アジトですか。……郊外の山中のようですね。車が走っている音がありませんし、雨音に混じって微《かす》かに木々の梢《こずえ》が鳴っています。靴に付いている土砂も街中ではあまり視られない種類のものだ。少しだけ標高が高いな、気圧でわかります。……さしずめ工事が滞った現場のプレハブ小屋といったところでしょうか」

河合と花村が目に見えて動揺し、旅人は目敏《めざと》くそれに気づいた。牛島は舌打ちすると旅人の腹を蹴《け》りつけた。

「誰が推理しろと言った？」

「僕に用があるんでしょう？　デモンストレーションです。探偵として使えるかどうか示したまでです」

痛みを感じないのか、旅人はなおも平然としたまま口を動かす。……気味の悪い野郎だ。

「痛《いて》ぇ思いしたくなかったら協力することだ。ああ、余計なことは言うなよ。俺たちを詮索することも許さない」

「僕のことを知っているみたいですね。いつかお会いしましたか？」

「詮索するなと言ったばかりなんだがな、……まあいい。おまえは有名人だからな。

どんなものだろうと探し出してくれる『探し物探偵』。会ったことはないが噂《うわさ》でなら聞いていたよ。一人娘がいるってこともな」

一人娘、と言った瞬間、旅人の顔が強張《こわば》った。もちろん脅迫のつもりで口にした。言うことを聞かなければ娘に危害を加えるぞ、と。旅人は察したようだった。

「それで、僕に何を探してほしいんです？　ここまでするからには僕に拒否権はないのでしょうし、時間もあまりないはずです。すぐにでも探しますよ」

「話が早くて助かるよ」

「早く帰りたいだけです。娘に心配掛けたくありませんから」

「……随分慣れているみたいだな。俺たちが犯罪者だってこともわかっているんだろ？」

「ええ。今朝《けさ》から世間を騒がせている強盗団の方々とお見受けしますが」

「その通りだ」

命乞いをしたり正義感を振りかざす輩《やから》にはとにかく脅迫することが一番だ。しかし、こうまで開き直られるとかえって信用ならないものだ。

「警察に言うつもりはありません。僕のことを知っているのでしょう？　誰であろうと依頼されればお応《こた》えします。犯罪者だろうが関係ありません。その意味も含めて僕は有名らしいですからね」

あくまでも淡白に答え、早くしろ、と急《せ》かしてくる。若いくせに場数を踏んでいる貫禄《かんろく》があった。

旅人の言うとおり問答をしている時間は無い。牛島たちに協力すれば旅人も片棒を担いだ犯罪者だ。旅人にはその理解があった。

牛島は鉄パイプを捨てた。

「噂どおりのようだ」

依頼することに決めた。河合と花村に視線を送り、代表して「探し物」を口にした。

「アンタに探してもらいたいのは、死体のフリをして行方を暗ました裏切り者だ」

河合と花村が驚愕する。特に動揺する河合の様子を牛島は見逃さなかった。

「死体のフリ？　なんのことです？」

旅人が首を傾げている。いきなり聞かされたのでは意味がわからないだろう。今の発言は旅人にではなく河合と花村に向けて言っていた。

「さっき仲間割れしたんだ。そのとき過って仲間の一人を殺しちまったんだが、帰ってきてみたら死体が消えていたんだよ。そいつは俺たちの金を奪った。初めは金の在り処をアンタに探してもらうつもりだったが、裏切り者を捕まえる方が早いってことに気づいた。金を持ってんのは裏切り者のそいつだからだ」

「死んだフリをしている隙《すき》に逃亡したということですか？」

「そういうことだ」

「ちょ、ちょっと待ってくれ！」

河合が割り込んできた。まあ当然の反応だ。

「どうした河合？　血相を変えて」

「い、生きてるって、木内が？　馬鹿《ばか》なっ」

「何が、馬鹿な、なんだ？　そう考えるのが自然だろう？　それともおまえは死体が立って出て行ったとでも言うのか」

「そういうわけじゃねえけど」

そうとも。そんなことはあり得ない。誰かが死体を運んだというなら別だが、死体が勝手に移動するはずがない。

そして、その事実がある疑惑を生み出す。

「河合、倒れている木内に近づいて死んでいることを確認したのはおまえだけだったな」

河合はぎくりと身を震わせた。花村も固唾《かたず》を呑んで河合を見た。

「か、河合さんが嘘を言っていたと言うのか？」

「ち、違う！　嘘なんか言ってねえ！」

「どうだかな。おまえが木内と一緒に俺たちを出し抜こうとしたのなら、あり得る話だが」

木内の容態を確認したのは河合だけだ。河合が「死んでいる」と口にして、牛島と花村は死んだものと誤解した。もしも最初から仕組まれていたとしたら木内が牛島を挑発したのにも納得がいく。何が目的かは知らないが。

「動くな。花村も動くなよ。俺は元々おまえたちを信用していなかった。いつか裏切ると思っていたが、まさか裏切る前提で計画に乗っていたとは思わなかったよ。さて、どうしてくれようか」

指の関節を鳴らす。喧嘩自慢の河合であっても牛島の気迫に圧されていた。

「俺は確かにあいつが死んでいるのを確認した！　本当だ！　信じてくれよ！」

河合は巨体に似合わず情けない声を上げた。木内の前では偉そうにしていても、本性はただの小心者だ。見掛け倒しにも程がある。

「なら、説明しろ。あいつはどこに行ったんだ？　死体はどうやって歩くんだ？」

「そんなの知るかっ」

「じゃあ他に仲間がいるんだな？　木内の死体を運んだ仲間が。ハッ、そんな連中いるものか。木内を死んだことに見せ掛けて、おまえは木内を逃がしたんだ」

「どうしてそうなるんだ⁉　そんなことする理由が無いだろう！」

「理由はおまえが知っている。吐け。何が目的だ？　木内を利用し、俺を出し抜いて何がしたかったんだ？　河合っ！」

　牛島は激昂《げっこう》に任せて懐に手を伸ばしかけた。

　そのとき、旅人が口を挟んだ。

「そこの床に広がっているのが血痕《けっこん》ですか？」

　椅子に縛られているので振り返ることは難しいが、旅人は首を捻《ひね》って背後の床を見下ろしていた。そこは木内の死体があった場所だ。

「そうだ。血は流していたが致命傷であったかは怪しい。殴ったとき手応えがあまり無かった」

「河合さんは嘘を言っていませんよ」

　河合は驚いた様子で旅人を見た。思いがけない助け舟に戸惑っているようだ。そしてそれは牛島も同じだった。

「なんだと？　じゃあ本当に木内は死んでいたと言うのか⁉」

「ええ。『死臭』が視えますから間違いありません」

「し、死臭？」

「視えるんです。僕は人とは見えているものが違う。目に見えないモノさえ視えてしまう。だからわかるんです。その木内さんという方は確かにここで死んでいました」

河合はへなへなとその場に腰を落とした。嘘でないことを証明されて気が緩んだのだろう。

しかし、牛島は納得しない。

「デタラメを言うな！　臭《にお》いが見えるなんてそんなことあり得ない！　適当なことを抜かしているときさまも殺す」

鉄パイプを振り上げて椅子の足を殴りつける。その衝撃で椅子は旅人を座らせたまま横に倒れた。

旅人は表情一つ変えずに顔を持ち上げて、血に濡れる床を再度眺める。

「出血は致死量を超えていませんが、頭部への当たり所が悪ければ即死することだってあります。先ほど殴ったときに手応えが無かったと仰いましたが、致命傷は倒れたとき頭を床に打ち付けてできたのではないでしょうか。

僕には視えます。人が死んだときの気配というのは独特なものです。それがここには残っています。そういう気配も含めて『死臭』と言いました。信じられませんか？」

「信じられるか⁉　ふざけるんじゃねえ！」

腹部を爪先《つまさき》で蹴りつける。旅人はむせ返るが、表情は相変わらず涼《すず》しげだった。

「僕に痛覚はありませんから拷問しても無駄ですよ」

「はあ⁉」

「痛みが無いと言ったんです。ためしに僕の肌を焼いてみるといいでしょう。何も感じませんから悲鳴も上がりませんよ。しかし、体は機能しているので条件反射でビクつくことはあるでしょうが、それは気にしないでください」

牛島は一歩後退《あとずさ》る。自ら拷問を勧める人質など聞いたことがない。

「貴方は僕のことをあまり知らないようですね。どんな物でも探し出せる探偵。それがどれほど特異なことか想像してみてください。そんな人、普通の人間であるはずがない。僕は視覚以外の感覚を失ってしまった。そして、視覚にすべての感覚が宿ってしまったんです。そのせいであり得ないモノまで視えるようになりました。一般人の感覚では測れないでしょう。僕が裏の社会で有名になった所以《ゆえん》です。誰も信じてくれないから、必要に駆られて頼らざるを得なかった人たちにしか信じてもらえなかったんです。今の貴方のような、ね」

「……」

牛島も、河合も花村も、言葉が無かった。

三人を射貫く、あの目。まるで心の裡《うち》を見透かされたような不快感がある。床に転がされてなお、いやだからこそ、不気味な空気を放つ旅人が恐ろしかった。

旅人がぐるりと首を回す。一番遠くにいる花村を見遣《みや》る。

「そちらの貴方はご結婚されていますね。しかし、ご家庭はうまく行っていない」

「なっ……」

「左手の薬指に指輪の跡が見えます。最近は外したまま過ごしていますね。仕事の合間や家事の途中で外して付け忘れた感じじゃない。無理やり外したような跡です。それと、いくつもの香水の香りがこびり付いています。女性用の香水だ。種類は四つ、一つは貴方自身の香水で、愛人が三人いらっしゃいますね。反面、生活臭が無い。一箇所に留《とど》まっておらず、愛人の家を渡り歩いています」

花村は目を見開いて固まっている。当たらずとも遠からず、というところか。花村の私生活を知らない牛島には判断できないが、木内が語っていた花村の人間像を鑑《かんが》みるにあり得る話だと思った。

「河合さんと仰いましたね。体重九十八キロ、右利き、左足を庇《かば》うように歩いているのは癖ですか？　今はどこも怪我《けが》をされていないのに歩き方が不自然だ。随分昔に怪我なさったんでしょうか。左足で床を踏むときの音が軽いので気になりました」

「どうしてわかるんだ……」

河合は口に出して認めた。馬鹿なこいつは感情を隠すこともできないらしい。牛島はうんざりする。気を良くした旅人が今度は自分に矛先を向けてくるとわかったからだ。

「牛島さんは、」

「もういい。わかった。おまえの観察眼には恐れ入った。それがどんな力かなんてどうでもいい。おまえの推理力を認めようじゃないか」

河合と花村に命令して旅人を椅子ごと引き起こさせた。旅人が背もたれに体を預けて極めてリラックスした姿勢のまま牛島に視線を投げてきた。

「信じてくださって嬉しいです」

「ふん。……おまえの言うように、木内は確かに死んでいたんだな？」

河合にも目を配る。旅人も河合も大きく頷いた。

「なら、誰があいつの死体を運んだというんだ⁉　その目的はなんだ⁉」

言って、牛島はハッとする。

視線を旅人から外し、河合を通り過ぎて、呆然と佇《たたず》む花村に行き着く。花村は察したようにギョッと目を剝《む》いた。

「お、おいおい。牛島さん、今度は俺を疑うつもりかい？」

花村は明らかに動揺している。しきりに窓の外を窺っていたことにも牛島は気づいていた。

「……心当たりがありそうだな、花村」

「な、なんのことだ？」

「惚《とぼ》けるな。木内の死体が無いとわかったとき、俺はすぐさま表を見て回った。車を確認したんだ。案の定、車が無くなっていた。だから俺は、木内が死んだフリをしてやり過ごし俺たちがいなくなったとき車を使って逃げたのだと思った。さて問題だ。無くなった車とは一体誰が乗ってきた車だと思う？」

「……」

「花村、おまえが乗ってきた車だ。なぜあの車が無くなるんだ？　鍵《かぎ》はおまえが持っていたはずだぞ」

「え!?　何言ってるんだよ？　鍵は全部木内に預ける決まりだったじゃないか？」

牛島も河合も首を傾げて、ポケットから自身が乗ってきた車の鍵を取り出した。花村はあり得ないと首を振る。

「もう一度聞こう。どうしておまえの鍵だけ無いんだ？　木内に預けただと？　ならば死体が車に乗って移動したと言いたいわけだな」

「馬鹿な、そんなはずは……」

「本当のことを言えッ！　おまえが誰かに木内の死体を運ばせたんだろう⁉　それは何のためだ⁉　何が目的だ⁉」

「し、知らない！　俺は本当に何も知らないんだ！　仲間もいないし死体も運んでない！　し、信じてくれ！」

牛島が襟首を摑むと、花村は本気で抵抗した。それが悪あがきに思えたので容赦なく頰を殴りつけた。

「やっぱりおまえが裏切り者だったのか！」

「やっぱりって何だよ⁉」

牛島は思わず口を滑らせてしまったことに顔を顰《しか》めた。しかし、裏切り者さえ判明してしまえばどうでもいいことだった。

「さあ吐け。仲間は何人いる？　木内はどこだ？　金はどこに隠した⁉」

「知らないっ、知らないぃぃひぃぃいいいい」

花村を突き飛ばし、鉄パイプを拾って振り回した。花村の右腕に直撃し鈍い音が響く。

「うぐぁあああああ」

折れた。それでも牛島は止まらない。今度は背中に、頭に、鉄パイプを振り落としていく。

絶叫が木霊《こだま》した。河合は立ち尽くすだけで何もできない。床を転げ回る花村を眺めて牛島は暗い興奮を覚えていた。

ただ一人、旅人だけは涼しい顔を向けていた。

「探偵さんよぉ、アンタ車を探すこともできんのか？」

「探せます。しかし」

「なんだ？」

旅人は床を見渡し、次いで三人の靴を眺めた。

「ここには五人分の足跡しかありません」

「……は？」

突然何を言い出すんだ、こいつは。それが車の捜索とどんな関係があるのか。

「今日はお昼過ぎからずっと雨が降っていました。そして、泥を踏んだために床にはくっきりと足跡が残されています。綺麗《きれい》にね」

「それがなんだってんだよ？」

河合が尋ねた。牛島は心の中で、黙れ、と叫ぶ。

旅人が言っている言葉の意味を理解していくにつれ、背筋に冷たいものが走った。

「仮に花村さんが裏切っていたとして、お仲間さんが木内さんの死体を動かしたとします。仲間が一人だった場合、木内さんをどのようにして運んだのか。一人では持ち上げられないでしょう。引きずるしかありません。しかし、引きずった跡はどこにもないんです。では、仲間が二人以上の場合はどうでしょう。足と胴体を持ち上げて運んだのなら引きずった跡がないのも頷けます。しかし、ここには五人分の足跡だけ」

旅人の視線が三人を射貫く。ここに来てようやく河合も理解したらしく「あ」と声を上げた。

「牛島さん、河合さん、花村さん、木内さん、そして僕の足跡だけです。木内さんの靴をお見掛けしていませんのではっきりとわかりませんが、僕を含めた四人分の足跡は確認できましたから、消去法で残った足跡が木内さんのものです。ということは」

場が静寂する。

ここには五人以外の人間が出入りした形跡が無い。それは、花村の仲間が死体を運んだことを真っ向から否定していた。

「ちょっと待て⁉　なんだ、どうなってんだよ⁉　木内はきっちり死んでいて、けれど誰も死体を運んでいないって言うのか⁉　じ、じゃあ木内の死体はどこ行ったんだ⁉」

旅人は無邪気な笑みを浮かべて、言った。

「五人分の足跡が残されているんです。そうなると、木内さんが自らの足で出て行ったことになりますね」

「は、はあ⁉」

それはつまり生きているってことか。いやしかし、河合も旅人も木内は死んでいると言った。花村に仲間がいたとしてもここに足跡が無い以上、一切出入りしていない。そうして考えられるたった一つの答えは、木内は死してなお立って歩いたということだ。

「そんな馬鹿な話があってたまるか⁉」

「死体が歩いて移動した以外に考えられません」

「うるせえ！　きさま、そんな非常識なこと認めろというのか⁉」

すると、旅人は哀しげに目を細めた。

「僕の目がすでに非常識ですからね。ああ、その気になれば幽霊さえも視えるかもしれませんね」

「くっ、頭がおかしくなりそうだぜ」

冷静になって考えろ。

死体が動くはずがないのだ。では、どうやってこの場から動かすことができた？

一つ、木内は死んでいない。生きてここから逃げ出した。

一つ、花村の仲間が、足跡が付かない方法で死体を運び出した。

足跡が付かない方法は考えればいくつも思いつく。一番現実的なのはブルーシートを敷いてその上を移動する方法だ。――そうまでしなければならない理由はわからないが。

生か死か。

運んだのか、運んでいないのか。

「……」

河合と花村。二人のうちどちらかが嘘を吐いている。

探偵は牛島が選んで連れて来たのだ、二人に与《くみ》しているはずがない。その推理力は大したものだが完璧《かんぺき》というわけではないだろう。人間なのだからミスもする。惑わされるな。旅人の言うことは参考程度に留めておけばいい。

つまり、死んでいたのが嘘なのか。

仲間を使って運んでいないというのが嘘なのか。

　このどちらかだ。

　顔を上げる。怯《おび》える河合と、息も絶え絶えな花村を順に見つめた。

「一人が隠し事をすれば、全員捕まる危険が増す。誰が裏切っているかは知らないが、真実を話せ。このままでは全員損をする。それはおまえも望むところじゃないはずだ」

　河合も花村も応えない。自分たちは裏切っていないと言わんばかりに牛島を見返す。反抗的な眼差しに牛島は声を荒げた。

「死体が歩くはずないだろ⁉　おまえらのうちどちらが嘘を吐いているんだ⁉　さっさと答えろッ！」

　答えたのは旅人だった。

「嘘を吐いているのは貴方も同じでしょう、牛島さん」

「なんだと⁉」

「いえ、この場合嘘とは言えませんね。貴方も隠し事をしている。話すべき真実があるのに黙っています。僕にはわかる。そういう顔をしていますよ、今の貴方は」

　牛島は呼吸を止めた。

　何を馬鹿な、そう言い返せないのは図星だったからだ。

「……待てよ。今おまえ、貴方も同じ、そう言ったな。つまり、こいつらも隠し事をしているということか？　やはりどちらかが嘘を吐いているってことだな？」

詰め寄ると、旅人はぞっとする目でこう言った。

「あるいは二人とも嘘を吐いているか、でしょうね」

＊

今朝、携帯電話に知らない番号から着信があった。

『現金輸送車を襲うそうですね。成功を祈っています』

甲高い声と野太い声が合わさったような、機械を通した声が耳朶《じだ》を震わせた。それが脅迫電話だと早々にわかり、牛島は音に出さず舌打ちする。

「誰だ、きさま」

『アハハハハ、怖いなあ。けど、電話越しに凄《すご》んでも意味ないですよ？』

「……」

『あれ？　だんまりですか？　おつむはよろしいんですね。てっきり威勢だけのお人だと思っていました。ええ、そうです。貴方が考えている通り、これは交渉の電話です』

「交渉だと？」

『取引と言ってもいいかなあ。ざっくり言っちゃうと脅迫ですかね』

「……」

『これまただんまりですか？　相手の出方がわからないうちは余計なことは喋らない、と。それ正解ですよ。口滑らせちゃうとこっちが知らない情報まで教えちゃうかもしれませんもんね。言いたいことだけ言わせてから対策を練る。うーん、聞いていたのとは違うなあ。貴方、本当に牛島さん？　すぐカッとなって暴力を振るい三度も警察のお世話になったあの牛島さんですか？　それとも改心して大人しくなったのかなあ？　ねえねえなんとか言ってくださいよう』

「お喋りが好きみたいだな。さっさと用件を言え」

『潔し！　切って無視しても意味がないとわかっているんですね。冷静だなあ。気に入っちゃいました。それでは本題に入りますね。奪ったお金の半分をくださいな』

携帯を握る掌《てのひら》に力が籠《こ》もる。

計画が漏れていて、脅迫する電話が掛かってきたのだ、どうせそんな要求《こと》だろうとは思っていたが。

「まだ成功するとは限らんぞ？」

『ですから成功を祈っているんですよ』

「……危ない橋を渡りたくない気持ちもわかるが、もしよければおまえも協力してくれないか？　人数は多い方が成功する確率も上がる」

『うそうそ。牛島さんはいきなり現れた人間を信用しないでしょう。成功確率はむしろ下がります。わたくしは遠くから様子を眺めて、成功したらお裾《すそ》分《わ》けして頂こうと思っているだけなんです。ま、失敗したからといってわたくしは痛くも痒くもありませんしね。計画には参加致しません』

まあそうだろうな、と心の中で呟く。でなければわざわざ脅迫電話など掛けてこない。

「成功したとして、もしおまえに金を払わないと言えば？」

『警察にタレこみまーす』

「……」

『お察しの通り、わたくしの元には数多くの情報が寄せられています。牛島さん、木内さん、花村さん、そして河合さん、この四人で実行することも知っていますし、アジトの場所、逃走経路、えーっとそれから、そうそう、細かな工作まで知っていますよ。お金は別のカバンに詰め直すんでしたっけ。これ、木内さんのアイディアでしょう？　発信器なんて付いてないと思うけど、用心深いもんですねえ。花村さんがカバンを何個も購入しているの見ましたよ、アハハハハ』

　一つ間違えている。

　花村はカバンを購入していない。牛島が用意したものを取りに行かせただけだ。つまり、今のはブラフだ。カバンと逃走車を用意したのは花村だが、こいつはその表面的な情報しか知らない。

　このことを知っているのは自分と木内と花村の三人。河合は「花村が用意する」とだけ聞かされている。ではこの男（あるいは女）は河合と繋がっているのか？

　いや、結論を急ぐべきではない。そう思わせる手かもしれない。

『わたくしはお金が欲しいだけなんです。牛島さんにご連絡差し上げたのは貴方がリーダーだからです。奪ったお金の半分を寄越せと言えば他の皆さんも従うでしょう』

「……どうしてそう思う？　仲間と言っても付き合いは短い。説得するのも骨だ。まさか今日中に渡せと言うんじゃないだろうな？」

『今日中ですよ。当たり前じゃないですか。何のために直接電話したと思っているんですか。貴方ならできるでしょう。いざとなれば懐に忍ばせている拳銃《けんじゅう》で脅せばいいんですよ』

「……」

拳銃のことを知っている人間は木内だけだ。木内から情報が漏れているらしい。

あの木内から？　神経質なくらいに慎重派の木内がそんなヘマをするとは思えないが。……かといって、木内がこいつと繋がっているとも思えない。金を横取りするなら、脅迫電話を掛けずともいくらでも遣りようがあるからだ。こんな、牛島に警戒を促すような真似は絶対にしない。

おそらく誰かが木内を利用して情報を引き出しているのだ。

その誰かとは、……河合と花村のどちらかだ。あるいは二人とも裏切ったか。

『おーい、聞こえてますか。黙り込むのナシにしましょうよー。考えるのは後回しですよー。わたくしが誰と繋がっていようがどうでもいいでしょう。こちらとしても仲間割れしてほしくないんです。計画に支障を来すのは望むところではありませんしね。牛島さんも動揺していらっしゃるようですし、挨拶《あいさつ》はこれくらいにしておきましょうか。それではまた、後ほどご連絡差し上げます。頑張ってくださいね』

そこで通話は切れた。

木内との出会いは三年前だ。上司の不正の責任を被《かぶ》って職を失った木内を牛島が拾った。チンピラ稼業にはよほど向いていなかったが、木内には策士の才覚があった。木内が策を練って牛島が実行する。詐欺や恐喝を繰り返して多額の金品を稼いできた。木内は誰よりも頼れるパートナーとなった。

木内の言うとおりにすれば失敗はない。今度のことも必ず成功する。

脅迫電話のことは黙っておくことにした。言えば、計画を中断しようと言い出しかねないからだ。牛島は金が欲しかった。組織から抜け出して新天地でやり直すにはとにかくまとまった金が必要だった。

大丈夫だ。やれる。

たとえ裏切り者がいようとも、いざとなればこの拳銃を使って――。

「おまえにしてもらいたいことなんてないよ。ただ一杯食わせたかっただけさ」

「なんだと」

「それだ。その顔が見たかった」

木内が裏切ったのだと思って怒りに任せて殺してしまった。軽率な行為だったと後悔している。あれは明らかに挑発だった。挑発に乗って、今、よくわからない状況に陥っているのだ。

木内が死に、木内の死体が消え、木内の生死に判断が付かなくなっている。

脅迫電話の相手も気になる。奴はこの状況を知っているのか。金を見失った今、早々に手を引いている可能性はあるが。しかし、河合か花村のどちらかと繋がっているならばこれも計画のうちに入ってしまう。

河合が嘘を吐いているのか。

花村が嘘を吐いているのか。

いや、待てよ。そもそも木内が生きていたならば、花村は仲間を必要としないはずだ。花村から鍵を受け取った木内が自ら出て行ったとも考えられる。

その場合、牛島以外の三人が手を組んでいたことになる。河合が「木内は死んでいる」とでっち上げ、花村が木内に逃走手段を与えたというわけだ。

牛島は苦笑した。それだけは絶対にない。三人が手を結んで牛島一人を出し抜くつもりならばこのような茶番は必要としない。三人がかりで牛島を襲えばそれで終わりだ。ここまでする意味がない。

それに、河合と花村はお互いに不信感を持っているように見える。手を組んでいるとは考えにくい。仮に、二人とも嘘を言っていないのだとすれば。本当にまったく知らない第三者が俺たちを出し抜こうとしていることになる。

第三者——脅迫電話の相手はどうだろうか。しかし、奴は金を奪うことが目的のはずだ。木内の死体を運んだり、車を移動させたりする必要はないはずだ。

……いや、そうとも限らないか。探偵がいるおかげで状況が変わったとも言えるのではないか。牛島がイレギュラーを連れてきたせいで誰かにとっての歯車が狂い出しているのだとしたら……。

くそ、考え出したらキリがない。探偵を雇ったことが吉と出るか、凶と出るか。

「あるいは二人とも嘘を吐いているか、でしょうね」

旅人の言葉に混乱が加速した。

「二人とも嘘を吐いている、だと？」

「河合さんも花村さんもそういう顔をしています」

どくん、どくん、どくん、どくん、——————。

心臓が警鐘を打ち鳴らしている。

今し方考えていた「三人共謀説」が有力候補に挙がった。

河合も、花村も、こちらをじっと窺っている。もしかしたら、プレハブ小屋の外では木内が息を殺して牛島に襲いかかるタイミングを見計らっているのではないか。

「はあ、はあ、はあ」

キレるな。

惑わされるな。

探偵は俺が連れて来たんだ。俺を陥れる真似をするはずがない。

「きさまは言ったはずだぞ？　木内は死んでいたと。そして、ここに俺たち以外の人間は出入りしていないと。河合も花村も嘘を吐いていない。それが結論だったはずだ」

「ええ。僕は嘘を言いません」

「なら、こいつらはどんな嘘を吐いたって言うんだ⁉」

くすり、と旅人は子供のように微笑んだ。

「ご自分で聞き出せばいいじゃないですか。その懐に仕舞ってある銃を使って」

「⁉」

なぜおまえが知っている？

拳銃を隠し持っていることを知っているのは、木内と、電話の相手だけだった。

河合と花村は。

「────っ⁉」

二人とも血走った目つきでこちらを眺めていた。それは敵意とも殺意とも取れる感情を宿した目だった。

殺される────、そう判断した牛島は拳銃を取り出していた。

「うわああああああああっ」

そのとき、河合が奇声を上げて突進してきた。

牛島の体を突き飛ばし、床に倒れた。二人は縺《もつ》れ合《あ》うようにして床を転がり、時折殴りつける音が響く。どちらが攻撃しているのかわからない。

銃声が轟いた。

＊

河合にとって木内は舎弟のような存在だった。

学生時代、人見知りで内向的な木内と付き合いがあったのは河合だけだった。馬が合うわけでもなかったが、横に置いておくと妙に落ち着くので河合は木内を気に入っていた。構ってやっている、という意識が優越感を生んでいた。

木内に悩み事があれば無理やり聞き出して頼まれもしないのに世話を焼いたこともある。そうすることで河合は頼れる兄貴分を演じ、悦に入った。結局、木内という男は体のいい引き立て役でしかなく、その程度の関係でしかなかったために高校を卒業したらあっさりと縁は切れてしまった。

河合は社会人になると数年置きに職を変えた。毎度職場で揉め事を起こすからだ。学生時代の感覚が捨てきれないのか、上司に命令されたり仕事がうまくいかなかったりすると我慢ができなくなった。自分は人に使われるような男じゃない。誰からも頼られる器の大きい男であるはずだ――そんな思い上がったプライドが河合自身の首を絞めた。人並みでは満足できず、思いに反して河合は落ちぶれていく。

二年前に木内と再会したとき、河合はチンピラ稼業をこなす木内に取り入って、頼りがいを誇示して自らの必要性を再確認した。病的なまでに木内に依存した。

そして、ついに今回の計画に参加が許された。

「河合の腕力には期待しているよ」

木内はそう言ってくれた。他人に頼られるのはなんと気分の良いものなのだろうか。

――やはり木内には俺が必要なのだ。

河合は決して認めないが、河合にこそ木内が必要だった。

「大切な話がある。花村にも言わないでほしいんだが」

決行日の前日、木内はそう前置いて切り出した。

「牛島は僕たちを裏切っている。計画が成功したら、あいつは僕たちを皆殺しにして一人で金を持ち逃げするつもりだ」

「殺すって？　俺たち三人を？　どうやって？　喧嘩でなら負けねえよ」

河合は鼻で笑ったが、木内はさらに声を潜めて言った。

「あいつは拳銃を持っている」

「け、拳銃!?」

冗談でも何でもないことは木内の表情からわかった。

拳銃を持ち出されたら素手では敵《かな》わない。短い付き合いだが牛島の気性の激しさは理解しているつもりだった。奴ならば平気で銃をぶっ放せるだろう。

そして、おそらく最初に狙われるのは体格が大きくて喧嘩の強い自分ではないか。

河合は鮮明に想像してしまい身震いした。

だからと言って、計画の中止はあり得ない話だった。河合は多額の借金をしており、今回の実入りを頼りにしていた。状況こそ違うが、河合以外のメンバーも金銭面では困窮している。実行は確実だ。

木内が「そこで」と一つ提案した。

「アジトに戻ったら、牛島が拳銃を取り出す前に、僕はわざと牛島を挑発する。金を隠したとでも言えばいい。奴は金の在り処を吐かせるために、僕を殺さない程度に痛めつけるはずだ。無様に殴られるよ。派手に吹っ飛んでみせようか。床に倒れて動かなくなればあいつも不審に思うだろう。そこで、河合は僕に近づいて『死んでいる』と叫ぶんだ」

「？　殴られたぐらいじゃ死なないだろう？」

無理があると思ったのだが、木内は少し呆れたようだった。

「……頭を床に強打すれば起こり得ることさ。それは牛島もわかっている。だから、おまえがそう叫べば牛島も動揺するだろう」

「それで？　おまえが死んだフリしてどうすんだ？」

「用心深い牛島のことだ。僕が本当に死んでいるか確かめるはずだ」

「何がしてえのかさっぱりだ。そんなすぐバレるようなことしてどうする」

「最後まで聞け。奴は僕に近づく。牛島が屈《かが》んで僕の体を調べようとしたら、河合は牛島を後ろから羽交い締めにするんだ」

「っ、なるほど。死んだフリは奴の隙を作るためか」

金を隠した木内に死なれたらまずい。牛島は必ず生死を確認するはずだ。

「拳銃をどこに仕舞っているかわからないが、普段は懐に隠し持っている。拳銃は僕が奪う。拳銃さえ無ければ牛島なんて恐くない。河合の腕っぷしがあれば押さえつけられるだろう」

木内が信頼してくれたので気分は高揚した。河合は胸を叩《たた》いた。

「おおっ、任せろ！　それで、花村はどうする？」

「あいつは小心者だからな、何もできずに固まっているだろう。無視しても平気だ。けど、油断するなよ。牛島と一緒で裏切っている可能性がある」

「花村が拳銃を持っているってことは無いよな？」

「無い。言ったろ？　牛島は用心深い。仲間にも拳銃を持たせようとはしない男だ。つまり牛島さえ抑えてしまえばこっちのもんだ」

「花村一人くらいなら遊ばせていても問題ねえってことか。あんな野郎は一発だ。俺は牛島も花村もいけ好かねえと思っていたんだ。やってやるぜ」

「だが、用心してくれ。河合にはいつも通りに振る舞ってほしい。牛島に不審がられたらまずい。速攻でケリをつけよう」

「ああ、わかってる。とにかく金を手に入れないことには始まらねえからな。牛島を出し抜くのはアジトに戻ってからだろ？」

「そういうことだ」

木内は昔と変わらない弱々しい笑みを浮かべた。


牛島は木内の生死を確認することなく外に飛び出した。花村が急かしたせいもあるが、牛島は妙に落ち着いた様子で迷いも見せずにある場所へ向かった。市内の繁華街だ。そこで探偵を拉致してアジトまで連れ帰った。

河合は焦った。予定が狂った上に、倒れていたはずの木内までいなくなってしまったからだ。当然、牛島からは疑われ始めた。

「俺は確かにあいつが死んでいるのを確認した！　本当だ！　信じてくれよ！」

苦しい嘘だった。けれど、木内が死んでいたことにしなければいつ牛島に拳銃を向けられるかわからなかった。幸い、おかしな探偵のおかげで矛先が花村に向かったが、安心はできない。

木内はどこに行ったんだ？

まさか本当に死んでしまって、花村の仲間に運び出されたのか？

わからない。どうすりゃいいんだ。木内、おまえ、どこにいるんだよ。俺はこの後どう動けばいいんだ。牛島の拳銃をどうやって奪えばいいんだ。

牛島から暴行を受けた花村が血に染まった顔をこちらに向けた。あまりの恐怖に呼吸が荒くなる。

次は俺の番だ。今度こそ、牛島は拳銃を取り出すのだ。

「ご自分で聞き出せばいいじゃないですか。その懐に仕舞ってある銃を使って」

探偵の一言をきっかけに、牛島が懐に手を滑り込ませた。

「――」

視界が真っ白になった。

思うより先に体が反応した。

河合は牛島に突進し、牛島を組み伏せた。しかし、喧嘩慣れしているのか、自分の体が衰えているのか、牛島は河合の巨体を物ともせずにひっくり返す。何度も殴り、殴られ、縺れたまま床を転がった。

牛島に疲れが見え始めたそのとき、河合は馬乗りになって牛島の首を絞めた。

殺さなければ、殺される。

初めて人を殺す。しかし、躊躇いはなかった。

死にたくないのだ。

銃声が響いた瞬間、腹部が爆《は》ぜた。撃たれたと意識する前に河合の体は前のめりに倒れこむ。

──ああ、やりやがった。マジでぶっ放しやがった。俺はここで死ぬんだ。

不思議と死に対する恐怖は希薄だった。

体が徐々に冷えていく感覚。それに伴って五感が妙に研ぎ澄まされた。

意識を失う瞬間、ゴッ、という鈍い音が耳元に届いた。

それは、自分の体が床に落ちた音なのか、それとも──。

*

花村にとって木内は便利な存在だった。

木内は頭が良い割には要領が悪かった。いや、クソが付くほど真面目だったとも言える。不出来な上司をおだてたり、取引先のお得意様を優遇したりと、そういった世渡りの術を持ち合わせていなかった。一期先輩で同僚だった花村は最初こそ木内の堅物さ加減に呆れたものだが、そこに利用価値があると気がついた。

花村は上司と組んで会社の金を数回にわたって横領し、それが発覚するとすべての責任を木内に被せた。事前に木内の評判を落としておいたので、人付き合いが皆無だった木内は当然のように疑われた。一度は濡れ衣《ぬぎぬ》を晴らそうと抗議していたが、会社側はイメージダウンを恐れて内々に処理すべく木内に退職を促し、木内はあっさりと辞めていった。

別に木内が憎かったわけではない。ちょっとした小遣い稼ぎに利用させてもらっただけだ。木内はハメられたことに気づいていないが、花村にはいくらか罪悪感もあったので、食事を奢《おご》ったり再就職先を斡旋《あっせん》したりしてやった。それで木内の気が晴れるとも思わなかったが、少なくとも花村の中では落とし前をつけたつもりでいた。

木内とはその後も交流を持ち続け、現在では妻の目を盗むためのアリバイに利用している。仕事の関係で木内の家に居座っている風を装い、花村は外で作った愛人の元へ通っていた。

それが面白くないのか、木内はたまに説教してきた。

「あんなに優しい奥さんと可愛《かわい》い息子さんがいるのに、どうして浮気なんてするんです。たまには家に帰ってあげたらどうですか？」

木内が妻に気があることを知っていた。いや、あるいは単なる同情だったのかもしれないが、花村は妻と子を案じる木内を見ているのが楽しかった。他人事に心を痛める様が爽快な気分にさせるのだ。

歪《ゆが》んでこそいたが、花村はそれなりに木内のことを気に入っていた。

あるとき、珍しく木内が頼ってきた。

「花村さんは裏で盗難車を扱っているディーラーの方とお知り合いでしたよね？」

「うん？　知人にそういう人はいるけれど。何、紹介してほしいの？」

「はい。今度、足の付かない盗難車が必要になりそうなので」

「面白そうだな。俺も一枚嚙《か》ませてくれないか」

木内は退職後、危ない仕事に手をつけるようになり、いつしか花村よりも羽振りが良くなっていた。花村は遊ぶ金欲しさに便乗した。

そして、決行日前日、計画の最終確認をしている途中で木内が言った。

「花村さん、牛島は俺たちを裏切って金を独り占めしようとしている。あいつは拳銃を持っている。それで脅す気です」

牛島とは何度も会っているので知っている。木内が頭脳派なら牛島は肉体派。考えるよりも先に手が出るタイプだ。拳銃なんか持たせたら何をされるかわかったものではない。

「ど、どうするんだ？　中止にするか？」

「僕たちは皆金が要る。今さら降りるわけにいかない。当日、計画が成功してこのアジトに戻ったら、僕は牛島を挑発してわざと殴られます。そして、このクスリを飲んで一時仮死状態になります。僕が死んだ後、花村さんは牛島を外に連れ出すよう誘導してください」

仮死状態になるクスリが存在していることにも驚いたが、花村は役割を振られて動揺した。

「連れ出すったってどうやって？」

「奪った金を合流前に隠します。そのことで牛島を挑発し、僕が死んだ後は隠した金を探しに行くように仕向けてください。その間に、僕はアジトにあるすべての車を隠します。鍵は事前に回収します。もちろん牛島が乗る車の鍵以外をね。そして、牛島の車だけスペアキーを用意しておいてください。帰ってきたとき僕の死体が消えていれば、牛島は必ず混乱します。その混乱に乗じて牛島の車も移動させます」

「…………。牛島と河合の足を奪うわけだな。木内の死体とすべての車が無くなればますます混乱は広がる」

「はい。架空の人間の仕業に見せかけて用心させるんです」

「だが、そうすると車を用意した俺が疑われるんじゃ？」

そう尋ねると、木内は口元を歪めた。

「頃合いを見計らって警察を呼びます。アジトにパトカーがやって来れば牛島も疑っている場合じゃありません。花村さんはこの場所に来てください。牛島の車で待機していますので」

アジトを中心にした縮尺地図の一点を指差した。花村は、ふむ、と顎を掻く。

「その前に警察に捕まったりは？」

「決行日は九十パーセントの確率で雨になります。視界が悪い上に山中に逃げ込まれたら警察だって簡単には追いつけません。また、警察に追われていれば牛島も花村さんを見失うでしょう。目的地が定まっていれば逃げ切れないことはない」

「確かに。河合と牛島は闇雲に逃げ回るだろうし、三手に分かれれば警察も捕まえるのは難しいか」

牛島たちと違い、花村はこうして逃走経路を定めている分、逃げやすい。

「花村さんは学生時代陸上部だったんでしょう。その俊足を活かすときです。河合には無理です。あいつは太り過ぎているからすぐに捕まるはずだ。それに間抜けな奴は今後も足を引っ張るに決まっている。花村さんにしか頼めません」

河合を引き合いに出されて思わず吹き出した。あんなデブと一緒にされては堪《たま》らない。花村は気を良くして頷いた。

「わかった。やろう。金は俺たちのものだ」

金は四人よりも二人で分ける方が遥かに良かった。


「死体が歩いて移動した以外に考えられません」

探偵はそう言った。花村は折れた右腕の痛みに耐えながら、正解を口にした探偵を見つめてうっすらと笑った。

牛島の言うとおり非常識この上ないことだが、それが真実なのだ。正確には『仮死状態にあった木内が甦《よみがえ》って移動した』である。もちろんこんなこと死んでも口にできないけれど、花村を庇ってくれたのが拉致された探偵だけというのは皮肉な話だ。

花村に仲間なんていやしない。

共犯は木内だけだ。

その木内だが、何を思ったか予定とは違う行動を取っている。車をすべて回収して牛島たちを足止めする策だったはずなのに、なぜか花村が乗ってきた車だけ無くなっていた。これでは警察を呼んでも牛島たちに別車両で逃げられてしまう。むしろ、負傷してしまった花村の方が危うい状況にあった。自慢の俊足も役に立ちそうにない。

木内は一体どうしたのだろう。何かトラブルにでも見舞われたのか。牛島は裏切っているとしていた。もしや牛島に仲間がいて、そいつらに襲われたんじゃ⁉

「……」

木内は死んでしまったのかもしれない、となぜか思った。

そういえば、一度仮死状態になった人間は酸素の供給が間に合わずに脳死する可能性があるとか聞いた覚えがある。脳死とまで行かずとも、脳神経をやられて自己を消失していることだってあり得るのだ。

木内は死んでしまったのだ。

偶々ポケットに入っていた鍵で車に乗り込み、何も考えずに山中を走らせる。そして、ガードレールを突き破って転落。——ありそうなことだ。一旦考え出すと、そうじゃないかと信じてしまいそうになる。

なんにせよ、木内はもう当てにできない。

この場から逃げ出すには牛島をどうにかしなければ。

さて、どうする？

「――」

椅子に縛られている探偵を見遣る。

探偵の縄を解いて囮《おとり》に使うか？　探偵が自由になって三対一の状況になれば牛島も無闇に拳銃を取り出せないだろう。全員で襲いかかれば牛島一人くらいあっという間に制圧できるはずだ。問題はどうやって意思の疎通を計るかだ。

河合を見上げた。河合は花村と目が合うと怯えるように顔を背けた。

バカが。何をビビッているんだ。このままでは俺たち全員殺されるんだぞ。おい、こっちを向けっ。河合ッ。

念を込めて訴えても河合はこちらを向かない。

ならば、と探偵に視線を送ったとき、信じられない言葉が飛び出した。

「ご自分で聞き出せばいいじゃないですか。その懐に仕舞ってある銃を使って」

「……ッ」

牛島の体が震えた。反射的に懐から拳銃を引き抜いた。

なんということだ。探偵の不用意な挑発で牛島は完全にキレた。もうだめだ。俺たちはここで殺されるんだ。

花村が覚悟を決めたとき、さらに信じられない光景が目に飛び込んできた。

「うわあああああああっ」

河合が牛島に襲いかかっていた。さすがに肥え太っているだけあって、一回り小さい牛島は河合に覆い被さられると姿が隠れてしまった。そのまま床に倒れ込み、二人は殴る蹴るを重ねる。

良くやった、河合。

花村は左腕に力を込めて上体を持ち上げ、そこに転がっている鉄パイプを左手で掴んで立ち上がった。ずるずると足を引きずりながらゆっくりと二人の元へ歩み寄る。

銃声が轟《とどろ》く。

河合の上体が傾いていく。斜め横に倒れた河合の陰から馬乗りにのし掛かられた牛島が姿を現した。

鉄パイプを振り上げる花村に驚愕している。

「あ、あああああああああ」

牛島の額に目掛けて振り下ろすと、ゴッ、と堅い音が響いた。

「はあ、はあ、はあ、はあ、」

額を割られた牛島は、顔を血で真《ま》っ赤《か》に染めて目を剝いたまま気絶した。どう見ても致命傷だ。あるいは死んでしまったか。

これで安心だ。牛島は死に、河合も銃弾に倒れた。

立っているのは俺だけだ。

花村は安堵して鉄パイプを床に落とした。

ガガァン、というものすごい音がした。鉄パイプを落とした音とは比べものにならないくらい衝撃を伴った轟音《ごうおん》だ。

牛島が、震える手つきで花村を撃っていた。そして、牛島はそのまま力尽きた。

花村もその場に崩れ落ちる。胸を撃たれたようで、呼吸がうまく整わない。痛みよりも暑さと寒さが同時に訪れたような不快感に襲われた。

ああ、何やってんだろ、俺たち。

結局、全員ぶっ倒れちまった。

……いや、一人だけ、元気な奴がいるなあ。

花村は探偵の姿を探した。探偵はいつの間にか拘束を解いており、花村のすぐそばで立ち尽くしている。

逆光の中、探偵の口元が妖《あや》しく歪んでいるのが見えた。

＊

翌日未明、現金輸送車強奪事件の実行犯グループが県警に逮捕された。

通報したのは私立探偵の日暮旅人と名乗る青年だった。日暮旅人は事件当日、犯人グループに拉致・監禁されて暴行まで加えられていたが、保護した時点で現場にいた人物の中でも一番軽傷であった。

牛島、河合、花村の三名の容疑者は互いに争った形跡が見られた。牛島の右手からは硝煙反応が検出され、河合、花村両容疑者を銃撃した疑いが持たれており、また、現場に落ちていた鉄パイプからは花村の指紋が検出され、牛島に暴行を加えた際の凶器に使ったと見られており、牛島、花村両容疑者には殺人未遂の容疑も掛けられた。三名の容疑者は警察病院に収容された。三名共に昏睡《こんすい》状態に陥っており、取り調べができないために事件の真相解明は難航している。

実行犯は四名であることが判明した。残りの一人である木内容疑者は依然逃亡を続けており、県警は消えた一億四千万円と共に容疑者の行方を追っている。

尚《なお》、逮捕当時、山中にて乗用車がガードレールを突き破って崖下《がけした》に転落する事故が発生している。事故現場には破損した乗用車（盗難車であることが判明した）があるのみで、運転手の遺体は未《いま》だ確認されていない。

現金輸送車強奪事件との関連性があるものとして捜査を進めている。

＊　＊　＊

キィ、と音を立ててプレハブ小屋の扉が開いた。

中に入ると、一人の人間が出迎えてくれた。

「お待ちしておりました」

名前は確か、日暮旅人。

「君のおかげでうまくいったよ」

そう言って微笑むと、旅人も応えて笑った。

「貴方のためにしたわけじゃありません。僕は僕のためにしたまでです」

とても背の高い青年だった。

知る人ぞ知る腕利きの探し物探偵――。そういう認識でいたけれど、実物は噂以上に聡明《そうめい》で、なおかつ腹黒いようでもあった。

旅人はまるで我が家にいるかのような佇まいで訪問者を迎え入れ、中央に置かれた椅子に腰掛けた。血溜まりの中で平然と鎮座するその姿にこの上ない畏怖を覚える。

「さて」

背もたれに体重を預けると、瞳を妖しく光らせた。

「なぜこんなことを仕組んだのか聞かせて頂けますか、木内さん」

その瞳は、どこか哀しい色を含んでいるようにも見えた。

「河合は単純だが、その分理屈が通じないんだ。物事を深く考えない人間は直感を信じてしまう傾向が強くてね。だから河合には、牛島に対する恐怖と、僕がいない不安を与えるだけで十分だった。それだけで予想通りの行動を起こしてくれた」

旅人も同意するように頷いた。

「ええ。彼は終始挙動不審でした。僕を縛りつけたのは彼でしたが、拘束が甘く、少し身を捩《よじ》るとすぐに縄が緩みました。河合さんはこういった作業には向いていらっしゃらないみたいですね」

木内は笑った。

日暮旅人はネタばらしをするのに適当な相手であるようだ。自分と同じ土俵で物事を見てくれる。まるでチェスや将棋の検討を行っているようで楽しい。

「それじゃあ花村はどうだい？」

「ご自身を過大評価している節がありますね。河合さんとは真逆で、何事も計算し尽くして行動していると思い込んでいます。扱いやすさでは三人の中で一番でしょう」

「正解。理屈を並べて筋道を示せばうまく誘導に嵌《はま》ってくれる。しかも、最後まで騙《だま》されたと気づかないんだな。自分は常識もあるし頭もいいと思っている。笑えるよ。都合良く仮死状態になれるクスリなんて存在するはずないのにね」

「ああ、そういうことですか。僕が、『木内さんは死んでいた』と言ったとき、花村さんからは『動揺』が見られませんでしたから」

「無理して僕に合わせせようとするから、あり得ないモノまで信じてしまえるんだ」

そう言って、くくく、と肩を震わせた。

ああ、とても愉快だ。

旅人と答え合わせをしていることも、その周りで牛島たちが今にも死にそうになっているこの状況も。

「牛島さんはどうやって？　正直、あの人はとても頭が良いように思えます。それに用心深くもある。騙すのは難しいはずです」

「うん。その通りだ。牛島を引っかけるのは至難の業だよ。僕以外にはね」

額から血を垂れ流して痙攣《けいれん》を起こす牛島を冷ややかに見下ろした。

「頭が良くて用心深いってことは、ものすごく臆病《おくびょう》ってことでもあるんだ。誰も信じない。誰にも頼らない。そうやって生きてきた奴だから一筋縄ではいかないよ」

「……木内さんにだけは心を開いていたんですね」

優しい口調に、木内は苦笑した。

誰からも恐れられてきたあの牛島が、冴《さ》えない自分なんかを信頼してくれたのだ。まったく馬鹿な男だ。

「計画をバラされたくなければ金を寄越せ、なんて脅迫電話を掛けた。あいつは仲間を疑ったが、僕だけは疑わなかった。いや、少しくらいは疑ったかもしれないけど、僕ならもっとうまくやるだろうって考え直したはずだ」

「なるほど。それは確かに『信頼』ですね。そして、彼らの間に疑心暗鬼を生み出させ、仲間割れに持ち込んだ」

「僕が三人の架け橋だったから、中心がいなくなれば脆いものだよ。ただ一つ誤算だったのは、牛島が君を連れて来たことだ」

あのときは焦ったものだ。

木内の空けた穴に第三者が入り込んでしまった。三人を仲違《なかたが》いさせるつもりが、『お金の捜索』という目的で結びついてしまう恐れが出てきてしまったのだ。

「もっとも、結果的には嬉しい誤算に転がったわけだが？」

窺うようにして見遣ると、旅人は心外だとばかりに首を振った。

「貴方の計画なんてどうでもよかった。ただ、目隠しを外したときすぐに気づけた。ここには牛島さんたち以外の『意志』が転がっていたんです。例えば、鉄パイプ。うってつけの凶器ですし、一本だけ落ちているのも不自然でした。あと、そこかしこに仕込まれた盗聴器も。そして、牛島さんたちから漂う疑心暗鬼。

僕は自分が助かりたい一心で木内さんの計画に便乗したんですよ。貴方の計画は見通しが甘かったと言わざるを得ません。人の感情は離れた場所からコントロールできるほど確かなものじゃないんです」

「……その甘い部分を、君は補強してくれた。くくく、思い出しても笑えてくるよ。外で聴いていたよ。君が牛島に言った台詞だ。『僕は嘘を言いません』だって？　君が一番の嘘吐きじゃないか」

河合と花村は嘘を言っていないだとか、死体が歩いただとか。

「早く帰りたかったものですから」

旅人は悪びれもせずに口にした。

「あっははは！　悪かったね。こんなことに付き合わせて」

「まったくですよ。――じゃあ、最後に聞かせてください。どうしてこんなことをなさったんですか？　この人たちに恨みは無いんでしょう」

驚いた。旅人は本当に感情まで読み取れるらしい。

恨みなんかじゃなかった。

ただ、思いついたから実行したまでだ。

河合は嫌な奴だった。考えなしにいつも僕を引っ張り回してくれた。あんな奴に僕のプライドはズタズタに引き裂かれた。

花村は最低な男だ。僕に無い物をたくさん持っているくせにそれに気づいていない。奴のせいで職を失い、不愉快な思いもたくさんしてきた。

牛島はどうも思わない。仕事のパートナーにプライベートな感情は抱いていない。強《し》いて挙げるなら、この世界に引きずり込んで僕の人生を台無しにした。

他人から見れば十分過ぎるほどの動機があるように思えるかもしれないが、殺意は本当に初めから無かったのだ。

木内は、偶然揃った駒を面白可笑《おか》しく配置しただけ。殺し合わせても心を痛めない人材が揃ったのでやってみた。

それだけなのだ。

「木内さんにとってこの三人は復讐《ふくしゅう》するに値する人間だったわけですね。けれど、最後の最後で立場が逆転してしまった」

「へえ？　どういう意味だい？」

旅人は哀しい目をして言った。

「牛島さんも河合さんも花村さんも、木内さんを信じて疑っていなかった。裏切ったのは貴方一人です。悪者は貴方だけです」

「……なるほど」

計画通り進んだのに、心が晴れないのはそのせいか。

日暮旅人のおかげで計画は成功し、しかし勝負には負けてしまった。

「ああ、結局、僕は牛島という男を見くびっていたんだな。彼は君を連れてきた。最後に僕の鼻をへし折ってくれたね」

旅人はにこりと笑う。木内もつられて笑った。

さて、頃合いだ。電話では会話ができないという旅人は、メールで知り合いの警官を呼び寄せるらしい。いつまでもここに留まっているわけにはいかない。

黙ってアジトを後にしようとしたが、木内はあることを思いついて旅人を振り返った。

「お金、欲しいかい？」

「……現金輸送車から奪った一億四千万円ですか。いらないんですか？」

「別に、お金が欲しかったわけじゃないからね。もし君が欲しいというならくれてやってもいい。ただし、条件がある。僕が隠したその金を君が見つけ出せたら全部あげるよ。どうだい？」

旅人は頷くことも首を横に振ることもしない。

その目に決意を宿して木内を見た。

それが答えだった。

「じゃ、僕は行くよ」

アジトを出る。どしゃ降りだった雨は勢いを弱めて小降りに変わっていた。少しも経たないうちに雨は上がるだろう。

終わりが見え始めていた。

木内は花村が使っていた車に乗り込むと、山道を頂上に向かって走らせた。

どこまでも行けるような気がして、車内で一人盛大に声を上げて笑った。
こんな気持ちは生まれて初めてかもしれない。
以来、木内を見た者は誰もいない。

（了）

母の顔

新聞やテレビで『児童虐待』の文字を見つけるたびに、須藤栄美《すどうえみ》は眉を顰める。近年、神経質すぎるほどに取り沙汰《とざた》されるこの社会問題は栄美の心を苛《さいな》んだ。まるで他人の目から監視されているようで不快。我が子への一挙一動をなぜこうも気にしなくてはならないのか。これまで行ってきた躾《しつけ》は良かれと思ってしてきたことで、ほとんど無自覚に子育てに励んできた。それが誤りである、とメディアを通じて知った顔をしたコメンテーターに指摘されるといちいち反感を覚えてしまう。

ならば教えてほしい。貴方たちが求める母親像とはどんなものなのか。

ダメ出しのときは一丁前のことを口にするくせに、いざ理想を問い質すと「教育に正解はありません。子育ては親にとっても学ぶものなのです」と濁す発言をする。正解がないのであれば何をもって間違いだと決めつけられる？　それでよく正義面して他人の家庭に土足で上がり込めるものだ。

その家にはその家のルールがあり、事情がある。家が違えば人も違う。生き方が違う。当然、躾だって違うのだ。

だから正解はないと言うのだろう。それは間違っていない。ならば、ダメ出しだって本来はお門違いのはずだ。なのに、世間の常識というか美学のようなものが勝手な理想を振りまいて世の母親たちを責め立てる。栄美はそれが我慢ならなかった。

そう。栄美は今、母親としての自信が揺らいでいる。

これまで我が子にしてきた行為が、世間で言うところの「虐待」の二文字に当てはまってしまうことに気づいてしまった。

「……どうしろっていうのよ」

頭を抱えてテーブルに突っ伏す。ひどく頭が痛い。手が自然とワインボトルに伸びて、グラスに注いで一気に呷《あお》る。これ以上はいけないとわかっていてもアルコールを断つことがどうしてもできない。飲まなければ眠れそうになかった。

「……ママ」

隣室に繋がる襖《ふすま》の隙間から一人娘が顔を覗かせた。栄美は手で顔を覆った姿勢のまま、娘に視線さえもくれない。気だるげに、煩わしそうに溜め息を吐く。

「ねえ、ママ」

「ミア、いつまで起きてるの？　早く寝なさいっ」

苛立ちを隠さぬ声音に魅亜《みあ》はびくりと震えて襖を閉めた。呟かれた「おやすみなさい」が怯えきっていたので、また苛々が増す。

なんだっていうのよ。どうしてアンタまで責めるのよ。

ぎりぎりと奥歯を噛む。娘の言動が無性に苛つく。

もうどうにでもなれとばかりにボトルを空《から》にして、栄美はソファにもたれたまま眠りについた。


娘の魅亜が生まれたのは、栄美が大学を卒業してすぐのことだった。

当時付き合っていた彼氏とは大学時代に夜な夜な通っていたクラブで知り合った。いかにも軽薄そうなその男は、遊び半分で栄美に近づき遊び半分で肉体関係を持つに至った。男にとって体だけが目当てだったのだろう、遊び半分が本気の恋に変わったのは栄美だけで男の態度は付き合い始めてから途端に素っ気無くなった。

男はとてもだらしなかった。学生でもなく、かといって働いてもいない。アルバイトすらしていなかった。親のスネをかじるだけかじっておきながら両親のことを「ぶっ殺してやりてえ」などと吠《ほ》えていた。同い年だったが、中身はまるで子供だった。親に反抗することがカッコイイとでも思っているのか、男は家を飛び出して一人暮らしをする栄美の元に転がり込んできたのだ。

なし崩し的に始まった同棲《どうせい》生活だったが、それでも栄美は「幸せ」だと思い込もうとした。たとえそれがどんなにだらしない男であろうと恋人に違いなく、自分だけを頼りにし、自分だけを愛してくれているのだからこれ以上の「幸せ」はない。栄美は男を愛していた。初めて関係を持った相手だったこともあり、栄美は男のために尽くそうと努力した。

大学四年の夏、就職活動に奔走していたとき妊娠していることを自覚した。卒業の頃に出産する予定で、とても就職できる状況ではなくなった。

栄美が選択できる道は一つしかなかった。

「結婚して。それで、ちゃんと働いて」

「……」

男は何も言わずにただ困ったように笑う。

これで少しはしっかりしてくれるだろうと、栄実は信じた。お人好しにも男のことを全面的に信頼し、今にして思えば「結婚」という言葉に浮かれてしまっていたのだ。

間もなく、男は蒸発した。方々を捜し回ったが男の行方はわからない。調べていくうちに、栄美は男のことを何も知らないことに気づいた。実家がどこにあるのか。家族構成は。経歴は。栄美に語って聞かせたほとんどがデマカセだったのだ。男の友人にも連絡を取ったが、匿《かくま》われているのかあるいは本当に知らないのか、手掛かりすら摑めなかった。必死になればなるほど友人たちは同情と嘲笑《ちょうしょう》を栄美に向け、それらを肌で感じ取ったとき捨てられたのだと気がついた。

栄美はお腹《なか》の子と引き替えに「幸せ」を失った。

中絶なんて言葉は頭に無い。与えられた命だ。男を失った今、栄実にはお腹の子しかいなかった。

寄る辺を求めて実家に帰ると、そこで堅物な父と衝突した。もともと反りの合わなかった父は未婚のまま身ごもった栄美に不快な態度をとり続けた。魅亜を出産し、魅亜が自我を形成し始める頃まで耐え忍ぶと、栄美は勘当同然に実家を飛び出した。

それから先は目まぐるしい苦難の日々。生活費と養育費をなんとか工面しつつ、昼と夜に仕事を掛け持ちし、合間に母子二人を養ってくれる結婚相手を探して回った。

魅亜に構ってあげられる時間など皆無に等しい。寝食が別々なのは当たり前で、ご飯を作ってあげる余裕だってなかった。娘に与えられるのはコンビニ弁当か菓子パン、それで文句を言うようなら怒りに任せて引《ひ》っ叩《ぱた》いた。そのたびに自己嫌悪に陥った。

「アンタのために頑張ってるのに、どうしてわかってくれないのよ!?」

その台詞が口癖になった。娘は、母親が怒っている理由を理解できていないはずなのに、いつしか叱り付けられるたびに神妙な顔をして「ごめんなさい」と謝るようになる。

——謝らないでよ。ますます惨めになるじゃない。

魅亜は聞き分けのよい子供になった。それが躾ではなく恐怖による抑圧のせいだと栄美は気づかないフリをした。母の言葉を遵守する魅亜は世間的にはできた子供であったが、栄美の目には自分への当てつけのように映った。

子供に理不尽を強いている自分が許せず、しかしその怒りの捌《は》け口《ぐち》は決まって魅亜に向けられた。母のために耐え忍ぼうとする娘の姿がいじらしくて癇《かん》に障る。これではまるで自分ひとりが悪者だ。せめて泣き喚《わめ》いてほしくて、そうなるまで魅亜を殴りつけたこともある。

萎縮《いしゅく》する娘を見るのが嫌だった。ご近所の窺うような視線が煩わしかった。必死にもがく栄美を嘲笑《あざわら》うテレビのコメンテーターが許せなかった。

夜の仕事で覚えたお酒が唯一の逃げ道だ。娘の顔よりもお酒のラベルを見ている方がよっぽど心が休まった。自分はもう取り返しのつかないほど性格が破綻《はたん》してしまったようだ。

何もかも投げ捨てたい。

将来のことを考えたとき、栄美は明日さえも生き延びる勇気が湧かなかった。

目覚めは最悪。二日酔いで気分が悪い。さらに追い討ちをかけるように、テーブルの上にチラシが一枚置かれていた。

『ひとりで　ほいくえんに　いってきます』

チラシの裏に魅亜からのメッセージを見つけて、栄美は忌々しげに唇を噛む。

「なんてことっ。一人で行かせたなんて知れたら周りからどんな目で見られると思ってんのよ、あいつは！」

時計を見ると午前九時を回っていた。とっくに園に到着しているはずだ。いまさら慌ててももう遅い。

栄美はチラシを丸めて床に叩きつけ、声を上げて泣いた。

＊　＊　＊

陽子が担当する年少組は、お昼寝の時間になるとそれまでの喧騒《けんそう》が嘘のように静まり返る。もちろん起き出せばまた戦争状態になるが、しばしの休息は子供たちだけでなく保育士にも当てはまるのだ。

子供の寝顔を見ているとこっちまでうとうとしてしまいそうになる。いけないいけない。今のうちにシーツを洗っておかないと。陽子は他の職員と手分けして洗濯物を回収して回った。

そのとき、例のごとく智子先輩が「ちょいちょい」と手招きしてきた。陽子は呆れがちに溜め息を吐いて廊下に出た。

「今度はなんですか？」

「あら、何よ？　反抗的ね」

智子先輩はムッとしつつも少しだけ尻込《しりご》みした。陽子に呆れられるのは面白くないが、毎度なのはその通りなので気後れしたのだろう。

しかし、智子先輩はすぐに保育士の顔になる。

「今度、保護者参観があるじゃない。お遊戯会で」

「ありますね」

親御さんたちに歌と踊りを披露して、その後一緒にお弁当を食べる催しだ。

「それでね、教室の壁にお母さんの似顔絵を貼ろうってことになったんだけど」

「……父子家庭の子供はどうしましょう、って相談ですか？」

「その通り。話が早くて憎たらしいわ」

「どうも」

そこは素直に褒めてくれてもいいだろうに。でも、歯に衣を着せない方が智子先輩らしくて安心する。そこで殊勝になられても反応に困るのは陽子の方だ。

智子先輩は早速本題を切り出した。

「幸い、うちで預かってる子供のほとんどはご両親が健在で、お母さんがいない子っていったら一人しかいないんだよね」

「ああ、……そうですね」

頷きつつ、胸が締め付けられる。確認するまでもなく灯衣のことだ。

「一応、お父さんとお母さんどっちの絵でもいいよ、とは言ってあるんだけど。ほら、今度の参観日って母の日にあるからさー」

子供たちの中にも「母の日」を意識している子がいるらしく、お友達同士で母親自慢をして盛り上がるそうだ。似顔絵でも母親を描かなければならない雰囲気になってしまい、案の定灯衣だけが浮いてしまっていた。

「そこで、山川の出番ってわけよ」

嬉々《きき》として身を乗り出してくる智子先輩に、陽子は怪訝《けげん》な表情を浮かべた。

「どうして私の出番なんですか？」

「お母さんがいない子ってさ、こういうことにすっごく敏感なんだと思うのよ。一人だけお父さんの絵っていうのはやっぱり嫌だと思うし。そんなときのセオリーってさ、先生の絵を描かせることだと思わない？」

どうだろう。確かに智子先輩の言う通り、壁に貼り出された絵が一枚だけ父親の似顔絵だとしたら他の子供からその辺りを突《つつ》かれるだろうし、その子も嫌な気分になるかもしれない。けれど、他の子ならともかく灯衣には当てはまらない気がした。早熟な灯衣がそんなこと気にするとは思えない。パパ大好きっ子だから他の子に突かれても逆に勝ち誇っていたりしそうだ。

杞憂《きゆう》だと思うが、とりあえず智子先輩の提案を聞いておこう。

「それで、私に何させようってんですか？」

「そりゃもちろんアンタがテイちゃんのお母さん役になるのよ。いずれ本当のお母さんになるんだろうし、今から慣れておいてもいいんじゃない？」

ね？　と含み笑いを向けられて、陽子は顔を真っ赤にした。

「ど、どういう意味ですか⁉」

「どういうって、そのまんまの意味よ。だってアンタ、テイちゃんのお父さんとお付き合いしているんでしょ？」

「してませんよ！　お付き合いなんて！」

すると、智子先輩は「ええっ⁉」と仰《の》け反《ぞ》った。

「付き合ってなかったの⁉　だって、暇さえあればテイちゃんのお家《うち》にお邪魔してるんでしょ？　家事したりご飯作ったりしてるって言ってたじゃん！」

「い、言いましたけどっ、でもそれはテイちゃんが心配なんであって別にそういうんじゃないんです！　って、それも前に言ったじゃないですか！」

智子先輩は額を押さえて「あちゃー」なんて言ってくれる。

「信じられない。山川、アンタがやってることって完全に通い妻だよ？　誤解しない方がおかしいって」

「か、通い妻⁉」

言われて、そのまんまだと自覚した。陽子はその場で蹲《うずくま》りたくなった。

「そうなると別の意味で問題だよ。片親の家庭はテイちゃんだけじゃないんだから。贔屓してたら別のお母さんから苦情が来るわ」

うっ、と言葉に詰まる。それはずっと前から懸念してきたことだ。

とはいえ、他の保護者の方にいまさら申し開きするのもおかしな話だ。誤解された以上、これからは灯衣の家にお邪魔するのを控えるのが正解だろう。

でもなあ、とどういうわけか割り切れない自分がいる。なんとなく義務感のようなものに突き動かされていたと思っていたのに、最近別の感情が動機にあることに気づいたのだ。その感情がどのようなものかまではわからないが。

「となると、山川には相応の覚悟を決めてもらわなきゃ」

「は？」

突然何を言い出すんだ、と窺っていると、智子先輩は真顔で口にした。

「理由はどうあれ嫌いな人の家には行かないものよ。そのつもりが無かったとしてもさ、これからは意識してみたらいいわ。脈が無いわけでもなさそうだし」

「あの、何のお話でしょうか？」

「テイちゃんのお父さんと付き合ってみろってことよ。恋愛は個人の自由なんだから贔屓したなんて誰も言わないわ」

「え、え、えーっ⁉」

動転して今度こそその場に蹲った。頬に触れるとすごく熱かった。想像してしまったのだ。灯衣を挟んで日暮旅人と一緒に家族をしている図を。鮮明に想像できてしまったから、自分は本当にそれを望んでいるものと勘違いしそうになる。

「で、でも、あの、その」

私には「たぁ君」がいるし、と意味不明なことまで考える。幼児時代の想い人を言い訳にするなんて無理がある。我ながら呆れてしまったその隙間に、別の思考が入り込む。

「たぁ君」イコール「たびと」。

「わぁ――――――――っ!?」

「あーうっさい。何ひとりで盛り上がってんのよ。そのくらいの意気なら贔屓したって構わないって免罪符を与えてやっただけでしょうが。アンタにその気がないならそれでもいいの。ただ、周りからそう思われてもいいくらいの覚悟を持てって話よ」

そんなことより、と智子先輩に立たされて引っ張られる。年中組の前まで連れて来られて背中を押された。

「私も暇じゃないからさ。山川にはテイちゃんのお守りを任せるわ。似顔絵の件、よろしくね」

教室に踏み入ると、お絵描きに熱中する子供たちの輪から外れて一人寂しく紙飛行機を折っている灯衣と目が合った。灯衣は陽子の登場に首を傾げている。

陽子は、将来の娘、と意識して表情をがちがちに固めてしまうのだった。

「嫌よ」

呆れた目つきでそう言われた。そして、興味が失せたとばかりに折ったばかりの紙飛行機を飛ばしてみせた。思いの外飛距離を伸ばしたので、灯衣は少し嬉しそう。

お母さんの代わりに先生を描いてみて――。そう提案して返ってきた答えが先ほどの「嫌よ」だった。陽子は平静を装いつつも心の中でふて腐れた。想像の中で家族になった灯衣は無邪気に甘えてくれるのに、現実の灯衣は素っ気ない。むしろ、冷たい。

――ふんだ。どうせテイちゃんはパパさえいればいいんだよね。

思ってから、大人げないと首を振る。私は一体何を考えているんだ。智子先輩に言われてから変に意識してしまっている。やめやめ。こんなのキャラじゃない。

「それじゃあ、テイちゃんはお父さんの似顔絵を描くの？」

「もちろんよ。家族でもない人の絵を描く方が不自然じゃない」

そりゃそうだ。そして、当初より「母の日」だからといって母親の似顔絵を強制しているわけでもない。ご両親への日頃の感謝を伝えることが目的であるため、別に父親の絵を描いたって構わなかった。

保育士たちが余計なお世話を焼いただけだ。

「それとも、何？　陽子先生はいずれパパのお嫁さんになるつもりでいるの？　だったらなおさら描きたくないわ。わたしにごますってるのが見え見えよ」

灯衣も一言多かった。それも智子先輩とした会話を見透かしていたので陽子は言い訳もできずに恥ずかしい気持ちになる。

「パパの似顔絵を描いて何がいけないの？　気を遣われる方が心外だわ」

灯衣は本当に頭の良い子供だ。そして、すごく優しい子。

それに比べて周りの大人ときたら。陽子は後で智子先輩と反省会を開こうと心に誓った。

子供用の小さな机に画用紙とクレヨンを載せて、いざお絵描きタイムである。机の正面に座った灯衣は一向にクレヨンを手に取ろうとしない。

「どうしたの？」

「見られてると描けないの！　それくらいわからない!?」

「あらま」

意外なところで恥ずかしがり屋さんである。いや、大人びているからこそ羞恥心《しゆうちしん》も感じてしまうのか。

「大丈夫だってば。大好きなパパの絵だもん。笑ったりなんかしないから」

「陽子先生はこのクラスの担任じゃないでしょ？　もう戻ったら？」

「テイちゃんが描き終わったら戻るよ」

「んーっ」

ムスッとしてそっぽを向いて。言っても無駄だと悟ったのか、灯衣はしぶしぶクレヨンを手に取って顔の輪郭を描き始めた。先生が見ていないとどこまでもサボろうとするので陽子はここに来て正解だと思った。灯衣の手が乗ってきたらこっそり戻ろう。一息吐いて、ふと視線を上げると、智子先輩が一人の女の子に付きっきりになっているのが見えた。かなり長い時間見ているので陽子は気になって様子を窺った。

突然、女の子はクレヨンで画用紙をでたらめに塗りたくった。智子先輩が「あーっ」と叫びながら腕を押さえようとするのだが、女の子は奇声を発してその場で声を上げて泣き始めてしまった。

陽子が見るに見かねて立ち上がりかけたとき、

「描きたくない！」

女の子は叫び、嫌々をしながら蹲った。智子先輩は別の先生に目配せをしてから女の子を抱いて外に出て行った。もう一人の担任は何事も無かったように他の子の気を紛らわせに掛かる。陽子も何かお手伝いしようと思ったが、ここはベテラン二人に任せようと座り直した。

さりげなく女の子が描いていた絵を見た。遠目からだからはっきりしないけれど、きっとお母さんの似顔絵だろう。

灯衣がつまらなそうに溜め息を吐いた。

「呆れた。どうしてお母さんの絵くらい描けないのかしら。毎日見てる顔なんだから簡単じゃない」

ごもっとも。しかし、すべての子供が灯衣のように早熟なわけではない。むしろこのくらいの年頃はまだ心が不安定で癇癪《かんしゃく》を起こしがちだ。当たり前のことができなくても無理はないのだ。

「そんなこと言っちゃダメだよ。みんながみんなテイちゃんみたいにはいかないんだから。ほらほら、手が止まってるよ。日暮さんをびっくりさせちゃうような絵を描こうよ」

「はいはい。わかってるわよ」

すらすらと似顔絵を描いていく灯衣。お世辞にもうまいとは言えないけれど、愛情がこもっていて胸が温かくなる絵だった。陽子は一生懸命クレヨンを動かす灯衣を微笑ましく眺めるのだった。

当たり前になりすぎていて陽子はついつい失念してしまっていた。

灯衣だってまだほんの五歳の子供だということを——。

＊

女の子は須藤魅亜ちゃんという名前だった。

魅亜ちゃんは普段はとても大人しい子だが、時々手がつけられないくらいの癇癪を起こすことがあるのだそうだ。園長先生に魅亜ちゃんを託して戻ってきた智子先輩がそう教えてくれた。

「お歌を歌ったり踊ったりするときはみんなと一緒に楽しんでいるんだけど、何かを作ったりしているとさっきみたいなことが起きるの。どうもあの子は一人で集中する時間がストレスになるみたい」

母子家庭らしく、母親は傍目《はため》からでも苦労しているように見え、送り迎えの様子からも親子関係が良好だとは言えないそうだ。

「今日なんてミアちゃん一人で登園したんだよ」

「え？　それ、お母さん知ってるんですか？　ていうか、もしかしてお母さんご病気に罹《かか》ったとか⁉」

「ううん。連絡したら元気そうだった。で、なぜか逆ギレされちゃってさ。娘が事故に遭ったらどう責任取るんだ、心配だからこれからは家まで迎えに来いとかなんとか」

「それはひどい」

親からのクレーム自体少なくないが、ここまであからさまな理不尽は初めてだ。

「育児放棄ってやつですか？」

「それ、言い過ぎだよ。きっと過保護になりすぎてるだけなんだと思う。片親だし、一人目の子供だから力み過ぎてるんじゃないかな。余裕がないとどうしても他人に当たっちゃうもんだから、こっちもある程度は理解を示してやらないと。たとえそれが理不尽なことでもね。温かく見守ってあげなくちゃ」

納得はしていないのだろうが、理性的に対応する智子先輩がこの上なく大人に見えた。こういうときは素直に尊敬できる。

「ま、でも、放っておけない問題ではあるんだな、これが」

そう言って智子先輩が取り出したのは一枚の画用紙だった。魅亜ちゃんが癇癪を起こしたときに描いていたお母さんの似顔絵だ。

「……これ」

「うん。なんかヤバイ気がする」

園児が描いた絵なのだから多少顔の輪郭が崩れていたとしても別におかしくない。抽象画のような絵を描く子だってたまにいる。魅亜ちゃんが描いた絵はどちらかというと上手《うま》い方で、顔のパーツも綺麗に整って描かれており、絵心があるのだと感心するほどだ。

けれど、上手いからこそ目立ってしまう。魅亜ちゃんが描いたお母さんは目が吊《つ》り上がっていて、口には牙《きば》が。振り上げた手に嫌な想像が働いてしまう。しかも、それを描いた一人娘は赤のクレヨンでぐちゃぐちゃにし「描きたくない」と叫んで泣いたのだ。家庭に問題があるのは一目瞭然《りょうぜん》だ。

「こういうときって児童相談所とかに連絡した方がいいんでしょうか」

「待って。まずはお母さん、須藤さんと面談した方がいいと思う。あ、その前に園長先生の指示を仰ぎましょう」

陽子は職員室に向かう智子先輩の後について歩きながら、胸騒ぎを抑えきれずにいた。保育士が園児の家庭の事情にどこまで首を突っ込んでいいものかわからない。けれど、放っておけば取り返しのつかない事態になるような気がするのだ。

今は地道にやるしかない。魅亜ちゃんのお母さんと話し合って、魅亜ちゃんのストレスを解消しなければならない。それくらいしかできない。

いや、それすらできるかわからない。とてもデリケートな問題だから。

ううん、弱気になっちゃダメ。子供のためにできることをしよう。陽子は無理やり気合を入れて顔を上げた。

しかし、陽子が思っていたよりも早く事態は深刻化してしまうのだった。


保護者のお迎えラッシュが一段落したとき、須藤栄美が人目を忍ぶようにしてやって来た。園長先生とクラス担任の智子先輩が面談に当たった。

「ミアちゃんは本当に良い子ですよ。お母様が頑張ってらっしゃる姿をちゃんと見ていると思います」

「……」

栄美は魅亜ちゃんが描いた似顔絵を眺めて眉を顰めている。虐待しているのでは、という先入観があるせいか陽子にはその姿がヒステリーを起こす前兆のように感じられた。覗き窓から園長室を覗いているだけでもハラハラする。

「ミアちゃんはまだ幼児ですのでどのように表現していいのかわからないのです。それでこのような絵になってしまったのでしょう。ちゃんと褒めてあげればミアちゃんもっと上手に描けるようになりますよ」

園長先生は虐待を疑っている素振りすら見せずに説明した。魅亜ちゃんとコミュニケーションを取るよう促し、刺激を与えずに「子供のやることだから」と気を落ち着かせているのだ。

「普段私はこんな顔をしているってことですよね」

「……そうではありませんよ。子供は少し過剰に物事を表現しますから。お母様の懸命さをどのように描いてよいのかわからないのです」

栄美は、ふっ、と嘲笑するように口元を歪めた。

「それでこんな絵なの？　まるで鬼じゃない。ミアのやつ、私のこと何だと思っているのかしら」

画用紙を潰して投げ捨てた。だんだんと地団駄を踏む姿に園長先生も智子先輩も目を丸くした。

「こんなの貼り出されたらいい笑い物だわ！　何考えてんのよあいつ！　そんなに私に恥かかせたいわけ⁉　誰のために頑張ってるのか知りもしないで！　ああもう！」

「お、お母様っ、どうか落ち着いて！」

「落ち着いていられるわけないでしょ！　アンタたちも何してたのよ！　こういうの

描かせないのもアンタたちの仕事でしょ!? 教育くらいきちんとしなさいよね! 何のために高い金払ってやってると思ってんのよ! それとも何!? 私が悪いって言いたいわけ!? みんなして私を馬鹿にしてっ、どうなってんのよこの園は!?」

陽子は唖然《あぜん》としてしまった。子供ではなく自分の体面しか気にしないなんて。しかも園が悪いと決めつけるような言い方までして。こんな保護者は初めてだ。

肩を叩かれて振り向くと、年中組の担任の先生がいた。

「山川さん。まだ片付いてないお仕事があるでしょ? もう戻って」

その先生も気になって来たのだろうけれど、園長室のドアの前に張りつく陽子を注意するとそのまま職員室へと入って行った。陽子は野次馬な自分が恥ずかしくなって年少組へと戻った。

園長先生と智子先輩に任せよう。自分の出る幕ではない。

残りのお迎えの保護者を待っていると、年少組の教室に日暮旅人が現れた。陽子を訪ねてきたとわかり、慌てて駆け寄った。

「日暮さん、テイちゃんのお迎えですか?」

旅人は「ええ」と柔らかく微笑んだ。ドキッとする笑みだ。今までのような「ドキリ」とは違う、弾むような胸の鼓動に陽子は戸惑った。

――もうっ、智子先輩が変なこと言うから！

顔の火照りを誤魔化すように両腕をバタバタ振りながら応対する。

「あ、でもどうしてこちらに？　テイちゃんでしたら年中組にいますよ。あれ？　先生いませんでしたか？」

「いいえ、先生ならいましたよ」

「それじゃ、私に用事ですか⁉」

期待が声に乗って少しだけ裏返ってしまった。

「それも違います。僕が探しているのはテイなんです」

違うとはっきり言われてなぜかショックを受けた。陽子は軽く首を振る。いちいち一喜一憂するな。日暮さんに変な娘だって思われちゃう。

それはそうと、

「テイちゃんを探してるって、いませんでしたか？　年中組の教室に」

「ええ。いつの間にか抜け出してしまったようです。それで、もしかしたら陽子先生の元にいるかと思って」

「えっと、来てませんよ？」

ざっと見渡してみても灯衣の姿は確認できなかった。旅人が来たのを知って隠れんぼでも始めたのだろうか。しかし、灯衣がそのような遊びをするとは思えない。旅人が現れたら一も二もなく飛びつくくらいパパ大好きっ子だから。

もしかすると灯衣はお迎えを待たずに勝手に帰ってしまったのではないか。以前にもチンピラ（たぶん雪路のことだろう）のお迎えを嫌って一人で帰ろうとしたことがあるのだ。

「今日は初めから日暮さんがお迎えに上がる予定でしたか？」

そう尋ねると、旅人は察したのか苦笑いを浮かべる。

「ええ、テイにもきちんと伝えてありました。テイが嬉しそうにしていたのでユキジが遠慮してくれたんです。……そうなると、テイはどこに行ったんでしょうか？」

雪路が来ずに旅人が来たのだ、隠れたり先に帰ったりはしないだろう。他の子に混じって駆け回るタイプじゃないから、いれば大人しく座っているはずだ。

「園内にいると思いますよ。あ、もしかしておトイレかな？　見てきますね」

「お願いします」

陽子は他の先生に後をお願いして教室を出た。

トイレに向かう途中も隅々まで目を凝らして灯衣を探す。やっぱり隠れんぼなんてしていない。そもそも園内に隠れているのなら、陽子の元に来る途中で旅人がとうに見つけ出しているはずだ。

しかしトイレに灯衣の姿は無く、職員室や物置部屋、園庭も一応探してみたが灯衣はおろか園児ひとり見当たらない。時計を確認すると午後六時を回っている。いつの間にかすべてのお迎えが終わっていて、灯衣以外の子供はみんな帰ってしまったようだ。

急いで年少組の教室に戻ると、今度は旅人の姿が無くなっていた。順々に部屋を覗いて行くと年中組の教室中央で佇む旅人を発見する。手に持った何かを蛍光灯の明かりに照らして見つめていた。

「どうかしたんですか？　あ、それ」

「テイが折った紙飛行機、ですよね」

その通りだ。お絵描き用の画用紙で折った飛行機。片付けられずに放置されていたようだが、さすがは探し物探偵、持ち主をあっさりと特定してしまった。

「あの、テイちゃんどこにもいませんでした。どこに行ったんでしょう？」

少し心配になる。逃げ回る必要が無いのに姿を見せないなんて絶対におかしい。

不安そうにしている陽子とは対照的に、旅人は穏やかな顔をして紙飛行機を眺めている。まるでそこに灯衣の姿を見つけたかのようだった。

「いなくなったのはテイだけじゃないみたいですよ」

「え？」

「先ほど、園長先生たちが話している声が視えました。お迎えに上がった保護者の方はとても取り乱していたようですし。……おそらく、その子とテイは――」

どたどたと廊下から足音が近づいてくる。陽子が振り返ったときには教室に大人が三人入って来ていた。

「ミアっ、どこにいるの⁉　ミアっ！　出て来なさい！　怒るわよ！」

髪を振り乱して喚いているのは須藤栄美だった。まだ続いていたのか、と陽子は疲れ切った表情を浮かべる園長先生たちを見て気の毒になる。

「ああ、山川先生。ちょうどよかったわ。須藤魅亜ちゃん見なかったかしら？　職員室にいたはずなのだけど」

知らないので素直に首を振ると、園長先生は頭を抱えてしまった。

「どういうことよ⁉　ここの保育園は子供の管理もできないの⁉」

栄美が摑みかからん勢いで陽子に接近してきた。そこへ、旅人が体を割り込ませて押し止めた。

「落ち着いてください。ミアちゃんというのは貴女《あなた》のお子さんですか？」

「何よ、アンタは⁉」

「ここで子供を預かってもらっている保護者です。貴女と同じ」

園長先生の後ろに控えていた智子先輩が「あっ」と声を上げた。

「日暮さん、テイちゃんはどうしたんですか？」

首を振って押し黙る。栄美だけが「なんなのよ⁉」とヒステリックに叫ぶ中、他の四人は状況を察した。

「えっと、つまりテイちゃんだけでなくミアちゃんも行方不明？」

整理するとこうだ。陽子が灯衣を探している間に、職員室に控えていたはずの魅亜ちゃんまでいなくなった。元々魅亜ちゃんを迎えに来ていた栄美は園の杜撰さに激怒し、魅亜ちゃんを探さずにずっと園長先生たちに文句を言っていたらしい。園長先生に説得されてようやく園内を探しに出たところ、ここで陽子たちと鉢合わせしたというわけだ。

「まさかっ、誘拐⁉」

栄美が絶叫すると、旅人はやんわりと否定した。

「それはないでしょう。見知らぬ大人が侵入したらそれだけで目立ちますし、二人が抵抗もなく連れ去られるとは思えません。逆に、子供がこっそり出入りしたなら誰も気づけない。この場合、二人でどこかに行ったと考えるのが妥当でしょうね」

「でも、一体どうして」

陽子がそう口にしたのは、灯衣と魅亜ちゃんという組み合わせに違和感を覚えたからだ。昼間の様子からしても灯衣は魅亜ちゃんを好意的に見ていなかった。仲良しだったとはとても思えない。それは智子先輩も感じているらしく小首を傾げている。

「私の娘をどこにやったのよ⁉　アンタの子供が連れ出したんでしょ⁉」

栄美が旅人に詰め寄って、責任を取れ、と騒ぎ始めた。そんなことしている場合じゃないのに、この人状況がわかっているのか。陽子がムッとして怒鳴り返してやろうと息を吸い込んだとき、旅人は口にした。

「僕を責めるのは後にしてください。今は子供たちを探すことが先決です。——少し黙ってください」

栄美は旅人の目に覗き込まれて思わず口を噤《つぐ》んだ。栄美だけではない。陽子も、園長先生たちもその声に、その目に何も言えなくなった。

哀しくて、……珍しく怒気すら孕《はら》んだ目つきだった。

「子供たちはそう遠くには行っていません。今から手分けして探せばすぐに見つかるはずです」

園長先生は同意して頷き、指示を出す。

「そうですね。近くで遊んでいるだけでしょうし、騒ぎ立てることもないわね。小野先生と私で園の外を見てきましょう。山川先生はお母様方と一緒にもう一度園内を回ってみてください」

これだけ大声で呼んでも出てこないのだから園内にはいないはずだ。園長先生が栄美を残したのは、魅亜ちゃんを見つけたとき傍《そば》にいない方がいいと判断したからだろう。二人を引き合わせるのは、栄実が落ち着いているときが良い。

園長先生と智子先輩が出て行くと、教室内はしんと静まり返った。けれど、栄美が執拗《しつよう》に腕時計を気にするのでその苛々が伝染し、空気は重たくなる。

「まったくもう。待ち合わせに間に合わなかったらどうすんのよ⁉」

栄美の呟きが小さく響く。旅人はそれには反応を示さず、手にしている紙飛行機を飛ばす手振りを繰り返していた。

しばらくすると園長先生たちは戻って来たが、灯衣と魅亜ちゃんは一緒ではなかった。代わりに、敷地の門の脇に石を重しにして置かれてあったという一枚の画用紙を持ってきた。

そこにはクレヨンでこう書かれてある。

『みあちゃんのだいすきなばしょに　いってきます』

二人は依然行方を暗ませたまま――。

＊

ガコン、ガコン。

手足を動かすたびに、園指定の鞄《かばん》の中身が音を立てた。お弁当箱と文房具が振動でぶつかるのだ。灯衣はその音が耳障りなのか、何度も鞄を掛け直している。

一方、魅亜はそのことを気にする余裕がない。先を歩く灯衣について行くのでやっとだ。なぜか不機嫌な灯衣に不安そうな眼差しを向けたまま、無言で歩く。

今のこの状況に魅亜が一番戸惑っていた。

魅亜はクラスの園児と仲良くしないようにしている。それは母親が良しとする子としか遊んではいけないというルールがあり、せっかく仲良しになれても母親が気に食わなければ弾《はじ》かれてしまうし、そんな子と仲良くしたことでも責められるからだ。しかし、魅亜がお友達を作ることを敬遠するとそれはそれで母親の気に障る。

――なんでまともな友達を作れないのよ。

――どうしてアンタはいつも一人でいるのよ。

その後は決まって「恥をかかせるな」と罵倒《ばとう》される。お友達を作っても作らなくても怒られるのなら、作らない方がいいと思った。お友達を責められるより自分一人が責められた方が気は楽だからだ。それに、母親の顔色を窺うばかりでは本当のお友達なんてできないとわかってはいても、魅亜にとって母親に愛想を尽かされる方がよっぽど恐怖なのだ。ならば、波風立てないで大人しくするのが正解だ。

灯衣とは同じクラスでもほとんど接する機会が無かった。なんとなくお互いに相容《あいい》れないものを感じ取り、避け合っていた。

同じ一人ぼっちでも、灯衣の場合、わざとお友達を遠ざけていた。仲良くしても楽しくない、とでも言うように他の子の誘いを断っている場面を何度か目撃した。自分を含めた周りの園児を見下しているように見えて、その余裕が鼻につく。魅亜には無い魅力をたくさん持っているくせに、母親の制約だって無いはずなのに、どうして自ら孤立を望むのか。

理解できなかった。理屈ではなく感覚として、五歳児の魅亜は灯衣を嫌悪していた。

それはきっと灯衣も同じ思いのはずだ。

だというのに、この状況は何なのか。

職員室で母親が来るのを待っていたとき、突然やって来た灯衣に連れ出された。園長室から聞こえてくる母親の怒鳴り声が嫌でついついついてきてしまったのだけれど、門のところで置き手紙を書いた辺りから徐々に不安になってきた。

もしかしてイジメられるのかな。灯衣の背中を見ながら思った。

「ねえ」

灯衣が振り返って尋ねてきた。

「どこに行くの？」

「何が？」

「何が、じゃないわ。さっきの手紙読んでないの？　ミアちゃんの大好きな場所に行くって書いたじゃない。だから、そろそろ連れて行ってほしいんだけど」

魅亜は首を傾げた。言っている意味がよくわからないのだ。

じっと見つめられる。怖くなって灯衣の視線から逃れるように顔を背けた。

「知らないよ。テイちゃんが勝手に書いたんじゃない」

「そうよ。それで、あるの？　ないの？」

「何が？」

「大好きな場所。例えば、お母さんとよく一緒に行くところとか」

「ママと？」

魅亜は俯《うつむ》いた。母親と一緒に行った場所。思い出の場所。大好きな、という条件付きで考える。しかし、いくら考えても思い浮かばなかった。

母親とお出掛けした記憶に楽しさなんて存在しなかった。早足で引っ張られて転びそうになったことが何度かあり、思い出すのはその情景だけ。

もたつく魅亜を煩わしそうに見下ろす母親の顔だけ。

そんなもの、無い。

大好きな場所なんて、――――あ。

「大好きじゃないけど、……ある」

「じゃ、そこ行きましょう。案内して」

案内しろと言いながらも灯衣が先頭になって歩き始める。なんだかよくわからないけれど、置いて行かれるような気がして慌てて灯衣の横に並んだ。

「ねえ、テイちゃんは何がしたいの？」

仲良しなわけじゃないし、魅亜のことを知りたいわけでもないだろうし。灯衣の行動がますます理解できなかった。

灯衣は一言だけ呟いた。

「お母さんに会いたい」

「え？　うちのママと？」

「……」

それきり灯衣は黙り込んでしまった。

ママに会いたいだなんておかしな子だな、と魅亜は思った。

魅亜についてここまでやって来た灯衣は、訝しげな表情で辺りを見渡した。

「ここなの？」

「うん。……ここ」

大好きという程じゃないけれど、母親との思い出がある場所だった。

「狭い」

「……ごめん」

「仕方ないわ。ミアちゃんがここだって言うなら我慢する。しばらくここで隠れんぼね」

「えっと、鬼は？」

「決まってるじゃない。お母さんよ」

「え？」

魅亜は思わず「どっちの？」と訊きそうになったが、考えなくても魅亜の母親に決まっていた。だって、この場所を知っているのは魅亜の母親だけだから。

そういえば、灯衣の母親をいまだかつて見たことがなかった。父親らしき人は見たことあるけれど。それとお兄さん（？）たちも。灯衣の母親もお仕事で忙しいのかな、それとも病気だったりするのかな。そんなことを思った。

「暇だし、お絵描きでもしましょ」

灯衣は鞄からクレヨンとお絵描き帳を取り出して、床に座り込んだ。魅亜にもクレヨンと画用紙を勧めて「さあ」と誘った。

「何の絵？」

「お母さんを描けなんて言わないわよ。好きなの描けば？　わたしは動物描く」

しばらく灯衣のお絵描きを眺めてから、魅亜もクレヨンを手に取った。

「ミアちゃん、何それ？」

「わんこ。あっちの家で飼ってるやつ。おっきいの」

両手を広げて大きさを表現した。すると、灯衣は鼻で笑った。

「犬だって。普通だね」

「じゃあテイちゃんは何描いてるの？」

灯衣の絵を覗き込んで見てみたが、何の動物かよくわからない。

「レオポンよ。知ってる？」

「れおぽん？」

「地上最強の生物」

よくわからなかったけれど、完成したその絵はたぶんトラだったので「れおぽん」は灯衣が名付けたこの子の名前なんだと納得した。

保育園以外の場所でお友達と過ごすのは初めてのことだった。魅亜はそんなことが少しだけ嬉しくて、いつしか灯衣への苦手意識も薄まっていた。

時間がゆっくりと流れ始めた。

＊

置き手紙をまじまじと視つめて、書かれた文字が灯衣によるものだと旅人は認めた。

栄美は忙しそうに腕時計を確認しながら、苛立たしげに旅人を見た。

「アンタのところの、えっと、テイちゃんだったかしら。どうしてうちのミアを連れ出したの？」

そんなことを父親に訊いても仕方がないのに。陽子はそう思いながらも口を挟まなかった。旅人はふっと体の力を抜いて、すっかり暗くなった窓の外を眺めた。

「きっとミアちゃんに感化されたのでしょう。テイは大人びてはいるけれど、内面はまだまだ子供ですから。でも、心配は要りませんよ。危ないことは絶対にしません」

「そんなのわからないじゃない！　子供のやることよ、信用なんてできないわ！」

旅人は平然と受け流しているが、陽子は切ない気持ちになった。この人は自分の娘であっても信用できないのだろうか。魅亜ちゃんはどんな思いでこの人と暮らしているのかしら。

「とにかく、ミアちゃんの行きそうな場所を当たってみましょう。お母様、何か思い当たることはありませんか？」

園長先生に促されて渋々考え始める。

「ミアと行くところなんてそんなに無いわ。近所の公園か、国道沿いのショッピングモールくらいね。ああ、そういえば近くに溜め池があるでしょ。そこをよく遊び場にしてるって言ってたわね。行くなって何度注意しても聞かないのよ」

そこなら陽子も知っている。溜め池の管理棟とフェンスの隙間は人目に付きにくく、地面はコンクリートで固められているから泥で汚れたりしない。この年になるとあまり魅力は感じられなくなるが、確かに子供にはちょうどいい狭さの空間だと思う。秘密基地には持ってこいだろう。

「では、行く場所を分けましょう。ショッピングモールには小野先生、私はもう一度この辺りを見て回ります。山川先生は溜め池に行ってください。お母様には公園を経由して一度ご自宅の方も見てきて頂きます。よろしいですね」

もしかしたらすでに帰宅しているかもしれないと園長先生は考えたようだ。家に帰るくらいなら保育園に戻ってくると思うのだが、可能性がある限り一つ一つ見て回る方が効率は良いし、自宅を確認できるのは栄美以外にいないので公園を回るついでだそうだ。

「日暮さんは」

「僕は須藤さんについて行きます。保護者同士でまとまった方が良いでしょうから」

保護者間での連絡を省略することを理由に挙げたが、それが口実であると陽子は気づいた。旅人は電話を使うことができないから誰の傍にいても同じはずだった。須藤栄美に同行することに意味があるのだろう。

早速五人で外に出る。方向が同じなのは栄美と旅人、そして陽子の三人だ。栄美はこの後の予定に間に合わないと判断したのか、携帯電話で相手にしきりに謝っていた。声のトーンが甘いものだったから、相手はおそらく男性だろう。デートの約束でもしていたのかもしれない。

——子供を放っておいてデートか。

「何よ?」

通話を切った栄美が陽子に向かって言った。思ったことが顔に出てしまったようだ。気まずくなって顔を俯かせていると、隣で旅人が言った。

「よろしかったんですか?　ご予定があったんでしょう?」

「……嫌味ったらしく言わないで。アンタたちが何考えているかわかるわ。ミアを置いて男に走るなんて薄情な母親だってんでしょ。私の勝手じゃない。文句言われる筋合いはないわ」

「文句なんてありませんよ。こうしてお誘いを断ってミアちゃんを探しているのだから立派だと思います」

旅人のそれは嫌味なのか本心なのか判断が付きにくい。栄美は自嘲するようにハッと笑った。

「お誘い、じゃないわよ。私が誘ったの。アンタたちにはわからないだろうけどね、母親だけで子供育てるのって本当に大変なのよ。助けてくれる人がいないんだから自分で味方を作らなきゃでしょ？　媚《こ》び売ってでも父親見つけないといけないのよ。ミアのために」

「ミアちゃんのため、ですか」

「引っかかるわね、その言い方」

栄美は振り返って旅人に詰め寄った。背の高い旅人に見下ろされても萎縮することなく嚙みつく。

「片親だけで子供を育てる苦労がアンタにわかるって言うの⁉」

栄美は旅人が一人で灯衣を育てていることを知らないのだ。陽子は慌てて弁護しようとした。

「あのっ、日暮さんは」

「わかりません」

なのに、旅人は栄美を突き放した。どうして、と旅人を振り返った。

旅人の目は哀しみを湛《たた》えていた。

「テイには両親がいません。僕はただ預かっているだけです。もちろん本当の娘のように愛しく思っていますが、でも僕は彼女の本当の親になることができません」

栄美も、陽子も、言葉が無い。旅人の目に見つめられて身動きを止めた。

「テイは僕のことをパパと呼んで甘えてくれます。でも、どこかで遠慮もしているんです。僕に負担を掛けまいと背伸びをして、両親のことを話題に出さない気遣いさえ見せてくれます。僕はあの子の父親にはなれないんです。だから貴女の気持ちや苦労がわかりません」

親としての苦労ではなく、親になれない哀しみと向き合っているのだと言う。そんなことはない、日暮さんはテイちゃんの父親です、そう言ってあげたい。けれど、それで満たされるのは陽子の感傷だけだ。

すっかり気勢を削《そ》がれた栄美に旅人は続けた。

「逆を言えば貴女も僕やテイや、……ミアちゃんの気持ちがわからないはずです」

ハッとして顔を上げる。栄美は唇を震わせた。

「わ、私はわかっているわよ！　ミアの気持ちくらい！」

反抗するかのように大股で歩き出す。栄美が向かおうとしているのは溜め池の方角である。そこに魅亜ちゃんがいるものと確信しているようだ。

「そっちにミアちゃんはいませんよ」

「っ、どうして!?」

「ミアちゃんのことは会ったことがないのでわかりませんが、テイのことならわかります。あの子がミアちゃんに何を求めているのか。……須藤さんはこの先で遊ぶミアちゃんを迎えに行ったことがありますか？」

尋ねられた内容がうまく処理できないのか、栄美は目を丸くした。陽子が「どうして？」と素直に疑問を呟くと、旅人は答えた。

「先ほど、須藤さんは憶測で遊び場を挙げていました。遊んで帰ってきたミアちゃんから聞かされていたのでしょう？　溜め池に行った、と。ミアちゃんが嘘を吐いているとは言いませんが、大好きな場所がそんな寂しいところだとは思えません」

そして、おそらく旅人の目にはこの先に魅亜ちゃんの姿が視えていない。だから「いない」と言い切ったのだ。

「テイがどういうつもりであの手紙を残したのか気になりました。そしてこの紙飛行機」

教室で拾った紙飛行機だ。型を崩して広げて見せた。

陽子は愕然とする。

そこには描きかけの似顔絵と、――『ママ』という文字が記されてあった。

「あの子は自分の母親を本能的にミアちゃんのお母さんに被せていたのでしょう。ミアちゃんに同調して、ミアちゃんのお母さんに迎えに来てもらいたいんです」

「……」

「ミアちゃんもきっと同じ気持ちのはずです」

栄美はよろよろと力なく民家の塀に寄りかかった。

「貴方には子供の気持ちがわかるみたいね。……どうして？　どうして実の子供でもないのにわかるの？　私には何が足りないの？　自覚？　それとも愛情？」

まるで縋《すが》りつくように旅人を見つめた。旅人は首を横に振った。

「足りないとかじゃありません。ただ僕も同じ境遇だっただけです。両親を早くに亡くしたからその『痛み』がわかる。視えてしまう」

そして栄美の手を取って導く。

「探しましょう。ミアちゃんがいるのはきっと貴女がよく知る場所です」

隠れんぼでは、絶対に見つからない場所に隠れてはいけない。隠れる範囲を定めるのは見つかるリスクを楽しむためだ。そしてそれは鬼からのハンデでもある。

見つけてほしいから。

絶対に見つかる場所に二人はいるはずだ。

栄美が思いつく場所は一つだけだった。

アパートの部屋に入り、玄関の上がり口で靴も脱がずに佇んだ。背後についてきた旅人が栄美の肩を叩く。

「どうかしましたか」

「見てわからない？　電気も点いてないし、玄関にはミアの靴が無い。ここじゃないんだわ」

「……この部屋のどこにいると思ったんですか？」

「それは」

押されるように我が家に足を踏み入れる。旅人と陽子も上がり込む。栄美は一瞬躊《ちゅう》躇《ちょ》したがすぐさま襖で仕切られた隣室に向かった。そこは広さ六畳の親子の寝室だった。目に付くものと言えば、敷きっぱなしの布団、三面鏡が開かれた化粧台、わずかに開いた押し入れ、それくらいだ。

隠れられる場所は押し入れくらいだろう。

そして、押し入れの隙間が明かり取りのためだということを栄美は知っている。

「ミア、そこにいるの？」

押し入れに呼び掛けた。返事はなく、栄美はその場に膝をついた。

「何やってんのかしらね、私」

大事な約束を蹴ってまで自分の子供に振り回されているなんて、なんとも滑稽《こっけい》だ。

魅亜は日頃手を上げられていた鬱憤を晴らしたかったのかしら。これで満足なのかしら。あの子は悔しがる私を見られて今頃大喜びしているのかしら。

私のこれまでの苦労って何だったのかしら。

「どうしてここにいると？」

寝室に入ってきた旅人を呆《ほう》けた顔で眺めた。だらしない部分を見られてもいまさら抵抗感も湧かなかった。

「……いつだったかしらね。あの子、自分の部屋が欲しいと言い出して、そんなの無いわよって言ったら、押し入れに入ってここがわたしのお部屋とか言って」

あのとき、栄美は笑った。魅亜もつられて笑っていたが、栄美が抱いた感情は憐憫《れんびん》だった。押し入れを宛がわれて満足する娘が憐れでならなかった。それくらいしか与えられない自分が情けなくなった。だから自嘲して笑った。

魅亜は押し入れの襖に『ミアのへや』と書いた紙を貼ろうとしたが、それだけは止めさせた。まるで娘を押し込めているみたいで我慢ならなかったのだ。

そして、気づいてしまった。ミアが安心できる場所はこの押し入れだけだということに。自室が欲しいと言ったのは母親から逃れる場所を欲していたからだ。

押し入れに入った魅亜は嬉しそうに笑っていた。

「私は何を間違ったのかしらね。どうしてあんな子に育ったの」

「誰かのため、というのはいざとなればその誰かに責任をなすりつけられる都合の良い言葉なんです。ご存じでしたか？」

「……何それ？　説教？」

怒鳴る気力も無くなった栄美は、旅人に対して薄ら笑いを浮かべた。

けれど、旅人は真摯《しんし》に語った。

「子供が望んでいるものは一つです。それは親の笑顔なんです。ミアちゃんのためと言って貴女が荒《すさ》んでしまったら、その感情を向けられた子供はどうしていいかわかりません。親である貴女がミアちゃんとの暮らしを幸せだと感じなければ、子供も幸せにはなれません」

「――」

幸せ？　「幸せ」ですって？　そんなもの、あの男の子供を――魅亜を身ごもったときに失ってしまった。

「無茶言わないで。もういっぱいいっぱいなのよ、私」

魅亜を育てるだけで十分忙しいのだ。子が生まれたのなら、その子のために懸命になるのが親の責務だろう。幸せを求める資格も余裕もとうに失せている。

「あの、日暮さんがおっしゃりたいのは須藤さんご自身が幸せになる努力をしてもいいんじゃないかってことだと思います。誰かのためじゃなくて、自分のために」

陽子が口を挟むと、旅人は頷いた。

「貴女の幸せの中にミアちゃんも含まれることが一番の理想なんです。ミアちゃんを重荷にしないであげてください。貴女はまずご自身が幸せになることを考えるべきです」

「私が」

栄美は狼狽えた。母親失格と責められずに、幸せを求めてもいいと言われたのだ。考えたこともなかった。テレビのコメンテーターも一度としてそんなこと言ってくれなかった。魅亜を生んだ瞬間から栄美は母親だった。魅亜のために人生を捧《ささ》げなければならないと思い込んでいた。

でも、そのせいで魅亜を傷つけてきた。

――アンタのために頑張ってるのに、どうしてわかってくれないのよ!?

その口癖は言い訳だったのだ。自分が不幸なのはすべて魅亜のせいだと決めつけて、幸せになろうとする努力すら捨ててきた。

本当にそうだろうか?

そうかもしれない。

結婚相手を探していたのも魅亜のためだ。好きでもない男をくわえ込んで負担を軽減しようと企《たくら》んだ。それで子育ては楽になるかもしれないが、幸せかと問われれば否と言わざるを得ない。

打算で結婚する母親を、果たして魅亜は喜ぶだろうか。

「須藤栄美さん」

旅人が栄美の頬に手を添えた。瞳を覗き込んでくる旅人の哀しげな両目にゾッとした。何もかも見透かされているようで恐ろしい。

なのに、旅人の声はとても優しかった。

「このままミアちゃんがいなくなってしまったら、貴女は幸せになれますか?」

――魅亜がいなければ?

考えたこともない選択肢だった。魅亜がいない生活だって? ああ、それはどんなに楽だろう。「幸せ」と引き替えに手に入れた魅亜はお荷物でしかなかった。それが取り払われるのだから、きっと楽だ。好きな物を買って、好きな物を食べて、好きな男を作って、好きなだけ贅沢《ぜいたく》ができる。一人ならそれが可能だ。今まで蓄えた育児費用もあるし、暮らしは随分と楽になるだろう。

「……」

楽になって、それから、…………一体何が残るのだろう？

想像してみて覚えた感情は、空虚感。魅亜と引き替えに手に入れる自由に、どうしたことだろう、実感が湧かない。魅力も無い。

想像の中の栄美はひたすら乾いた笑みを浮かべている。

心の底から笑うことができない、痛々しい自分の姿しか映さない。

旅人がもう一度質問した。

「いなくなれと、貴女はそう望むのですか？」

押し入れの中ではしゃぐ魅亜の姿が脳裏を過《よぎ》り、その光景がかき消えた。

――「幸せ」が霧散した。

「ミアっ！」

押し入れを開け放つ。子供が入り込めるだけの隙間が空いていて、そこにはもちろん誰もいない。半狂乱に首を振って娘の名前を連呼した。でも、魅亜は出てこない。

「どこにいるの、ミアっ⁉」

「ここにいますよ」

旅人はおもむろに歩き始めて、ベランダに面した窓に近づきカーテンを開けた。

ベランダには二つの人影があった。

窓を開けて「やれやれ」と言いながら入って来たのは、栄美には見覚えの無い女の子だった。おそらく旅人の娘のテイちゃんなのだろう。手には靴を持っていた。

そして、その後からおずおずと姿を現したのは我が娘の魅亜だった。

「ミア」

魅亜は俯いて「ごめんなさい」と口にした。肩が若干震えている。ベランダに出て体を冷やしたからではない。栄美を怖《おそ》れて震えていた。

「ミアっ！」

右手を振り上げて魅亜の頬を叩いていた。背後では息を呑む気配がしたが、誰も何も口にしない。

目に涙を溜めた魅亜を思い切り抱きしめた。

「心配掛けさせないでっ、ミア、ああ、ミア」

「ママぁ――――」

しがみつく魅亜につられて栄美も泣いた。

この子がいなければ私はきっと生きていけないだろう。素直にそう思った。魅亜を引き替えにした「幸せ」なんてあり得るはずがなかった。

愛しかった。

しばらくそうしていると、背後にいたはずの旅人たちの姿がいつの間にか消えていた。

＊

「パパは初めから気づいていたんでしょ？　わたしたちがベランダにいるって」

旅人と灯衣が手を繋いで歩く後ろで、陽子は携帯電話を仕舞った。園長先生に無事見つかったことを報告して、今は保育園への帰路の途中である。

「玄関とリビング、それにあの和室にもテイの『気配』が視えたからね。でも、どうしてベランダにいたんだい？」

「だって、あの押し入れ狭すぎて一人しか入れないんだもん。玄関が開く音がして慌ててベランダに逃げ込んだの。隠れもしないうちに見つかったらゲームは成り立たないでしょ？　それに、……あのお母さんが本当に見つけ出せるか賭けていたから」

「そうか。それで、賭けはどっちの勝ち？」

「同じ方に賭けていたから無効ね。けど、ゲームには負けちゃった」

見つかっちゃったもん、と舌を出す。旅人は甘やかすように灯衣の頭を優しく撫《な》でた。

まったく、人騒がせな。陽子は苦笑しつつ肩を竦《すく》めた。ゲーム感覚で振り回されては堪らない。今後こういうことが無いように注意くらいはしておこう。

「テイちゃん、まず言わないといけないことがあるでしょ？」

「陽子先生、ごめんなさい。パパもごめんなさい。ご心配をお掛けしました」

深々と頭を下げた。うーん。そう素直になられると逆に困ってしまう。

でもね、と灯衣は俯いたまま続けた。

「見つからなければいいのにって、ちょっとだけ思ったの。ミアちゃんとお母さんって仲悪そうだったし、ミアちゃんだってお母さんが嫌いみたいなこと言ってたし。なら、絶対見つけられっこないって思ったの」

灯衣の声が震える。

「……でも、ミアちゃんのお母さんは探しにきた。偶々家に帰って来たんじゃなくて、押し入れの前で、いるの、って訊いて、ミアちゃんの隠れ場所をきちんと言い当てた。パパみたいに探偵じゃないのにちゃんと見つけたの」

旅人は灯衣の前に屈み込んで両手を広げた。灯衣はその胸にひしっと飛び込んだ。

「どうしてわたしのママは来てくれないの⁉」

陽子は我が目を疑った。

灯衣が泣いている。

妙に大人びていて園児とは思えない貫禄を持っているあの灯衣が、わんわんと声を上げて。

「ママはどこにいるの⁉」

「……」

「ねえ、パパ⁉　ママを見つけてよ！　ママを探してっ、お願いだから！」

「うん。わかった」

静かに呟く。灯衣はわーわー泣き叫び、やがてぷっつりと糸が切れたように大人しくなった。

「ママに会いたいよぅ……」

旅人は灯衣を抱っこしたまま立ち上がり、陽子を振り返った。

「すみません。僕たち、このまま帰りますね」

小声でそう言った。腕の中では灯衣が疲れた顔をして眠っている。

「この子はずっと無理をしてきました。今日、須藤さん親子に自分を重ねて、普段考えないようにしていたことを思い出してしまったようです。いつものテイなら絶対にこんなことやらないのに。情緒不安定になったのでしょう」

「日暮さん、テイちゃんのお母さんって」

首を横に振った。話せない特別な事情があるのか、それとも何も知らないのか。

「僕だけじゃ足りないみたいです」

父親だけでは灯衣の寂しさは拭《ぬぐ》えない。しかも、旅人は本当の父親ではない。愛情が不足しているとは思えないが、灯衣にはやはり実の母親の温もりが必要なのだ。

陽子は居たたまれない気持ちになって俯いた。

——私、バカだ。旅人のことで浮かれて、灯衣の母親役になれるつもりでいた。そんな軽々しいものじゃないのに。胸が締め付けられるように痛くて、泣きたくなる。

駅方面に向かって歩き出す旅人に思わず声を掛けていた。

「あのっ、テイちゃんのお母さんをきっと見つけ出してくださいね！」

旅人は頷かない代わりに、寂しげな笑みを浮かべるのだった。

＊　＊　＊

仕事を全部辞めてアパートも引き払った。後に引けない状況に自らを追い込んで、そうしてみると驚くくらい気持ちが楽になった。実家のある地方に向かう新幹線の中、窓から遠ざかる景色を眺めた。別に都会の暮らしが好きだったわけでもないが、離れるとなると少し寂しくもなる。

恥を忍んで実家に連絡を入れた。一言も「帰ってこい」なんて言わなかったけれど、「帰ってくるな」とも言われなかった。母は私の身体を気遣い、父もほどよくクールダウンしているから心配するな、と帰省してもよいことをほのめかした。

母は、立派に「母親」だった。意地を張る私には好きにさせ、いつでも帰って来られるよう用意していたのだ。

私は自分の人生をやり直すことに決めた。

一人で何もかも抱え込んで余裕を失い、魅亜に手を上げていた日々におさらばだ。

意地を張ることを止めた。

それで救われるのは私だけではない。

私の「幸せ」は、きっと魅亜にとっても「幸せ」なはずだから。

魅亜のためではなく自分のために「幸せ」になろう。そして、その「幸せ」の中に魅亜の笑顔を取り込もう。魅亜が不幸になったら私も不幸だ。そう考えたら、ほら、魅亜を蔑《ないがし》ろになんてできなくなった。考え方一つでこうも変われるなんて、私は随分と単純だったらしい。

「ママ、おじいちゃんちに着いたらテイちゃんにお手紙書きたい」

「……そうね。そうしなさい。ママも手伝うから」

隣のシートに座る我が子はお手紙に書く内容をお絵描き帳に下書きしていた。はしゃいで無邪気に笑う子供を「うるさい」と叱りつける私はもういない。

たどたどしい手つきで魅亜の髪の毛を梳《す》いた。魅亜は不思議そうに私を見上げる。

私は今、母の顔をしているのだろう。


（了）

罪の匂い

五歳児の少年が監禁された期間は三日である。二日でも四日でもなく、三日。一日違えばきっと少年の人生も大きく変わっていたはずだ。二日であれば五体満足、四日であればおそらく死んでいた。

三日――七十二時間。それが少年の運命を決定付けた時間であった。

何度目かの覚醒《かくせい》で少年は自身の置かれた状況を漠然と理解した。

最初に目を覚ましたときにはもう、少年は一人でこの部屋に閉じ込められていた。一つだけある扉は堅く閉ざされていて外に出られず、いくら泣き叫んでも両親は駆けつけてくれなかった。恐怖と緊張の連続で意識を数回失った後に、ようやく誘拐されたのだと思い至る。知らない人について行ってはいけない、と深く教え込まれていても無理やり拉致されたのでは五歳児にはどうしようもない。あとはただひたすら助けが来るのを待つしかなかった。

どれほど時間が経っただろうか。体力を消耗したせいか身体はだるい。空腹よりも寒さが身に堪える。窓もなく、空調は天井に張りついた換気扇が回るだけで用を成さず、打ちっ放しのコンクリート壁が視覚的にも寒さを助長した。

何もない部屋だ。床も埃《ほこり》を被っていて汚い。倉庫と言っても差《さ》し支《つか》えない空間である。部屋中を観察してみたが、特に注視する物がないので暇潰しにもならなかった。時計もなく、もちろんテレビやラジオもないので外の状況が一切わからなかった。今が昼なのか夜なのかも少年には把握できない。


監禁されて十二時間が経過した。

扉が音を立てて開いた。覆面を被った二人組が入ってきて震える少年を囲んだ。厚手のジャケットにジーパン姿、声すら出さないので性別はわからなかった。二人は少年の手足を縛り、ガムテープで目と口を塞《ふさ》いで床に転がす。それから物音一つしない無音状態がおよそ十分間続いた。二人組は部屋の中にいるはずなのに、気配を感じさせなかった。恐ろしい。彼らは一体何者なのか。どうして何も言ってくれないのか。

突然耳元で何かが割れる音がした。食器を割ったときのあの音だ。思い切り叩きつけられたような激しい破壊音。ガシャン、ガシャン、ガシャンと絶え間なく続く。

想像を絶する恐怖だった。暴力を振るわれたわけでもないのに自然と身体が丸まった。塞がれた視界の外はどのような光景が広がっているのだろうか。そこら中にガラスの破片がまみれているようで、少しでも動けば肌を切ってしまいそう。涸《か》れていたはずの涙が溢《あふ》れたが、叫ぶ気力はなかった。もっとも、声を出す自由も奪われていたので諦める他ないのだが。

一時間ほど続いた騒音がピタリと止み、またもや無音状態になる。

少年はじっと固まったままひたすら緊張と闘い続け、いつしか気を失った。

次に目を覚ましたとき、手足は自由になっていた。ガムテープも外されている。部屋には二人組の姿はなく、代わりにあんパンと牛乳が置かれていた。どうやら飢えさせて殺す気はないらしい。あまりの空腹に耐えきれず少年は警戒心も忘れてあんパンにかじりついた。が、途端に吐き出した。ひどい味がした。牛乳からは悪臭が漂う。腐っていた。

それから数時間、何の音沙汰もなく過ぎていく。

口が渇く。空腹に目が霞《かす》む。いつまでここにいるかわからない状況で、少年が生き延びるには用意された食料を食べるしかなかった。少しずつ、何度も吐き出しながら、懸命に口にした。身体がついに拒絶反応を起こしたとき、少年は再び気を失う。

二十四時間が経過した。

わずか一日しか経っていないが、少年の感覚では一週間もの長さに感じられた。

扉が開かれ、二人組が現れた。今度は拘束されることなく、衣服を剝《は》ぎ取《と》るだけで出て行った。丸裸にされた。この何もない空間では羞恥すら覚えず、少年はこれと言った被害を受けなかったことに安堵する。

しかし、室内の温度が徐々に下がっていきガチガチと歯を打ち鳴らすほどの寒さに襲われたとき、ようやく衣服を持って行かれた意味を理解した。寒さを紛らわせようと運動してみても大した効果はなく、気を失うこともできず、ただひたすら耐え続けるしかなかった。

二時間が経過して室内温度は適温に戻ったが、一時間後、また温度が下がり始めた。一時間置きに二時間冷気に当てられる拷問が四度繰り返された。

二人組がまたやって来た。服を着せられ、立方体の無骨なロッカーに閉じ込められた。狭くて息苦しかったが、冷気に襲われる心配はなさそうだった。

ガン、と外側からバットか何かで殴られた。何度も何度も四方から叩きつけられる。

振動が響いて直接殴られているかのように錯覚し、思わず悲鳴を上げた。背中や腕を箱の壁に付けないように注意しながら体育座りのままやり過ごす。ガンガンガンガンッ何度も何度も何度も何度も休みなく容赦なく躊躇なくッ、音の暴力がひたすら続く。逃げ場もなくただただじっと頭を抱えて蹲った。直接被害を加えられているわけでもないのに、傷つけようとする意志ははっきりと伝わってきた。怖い。恐ろしい。悪意がすぐ外で牙を剝いている。この箱は自分を守る檻《おり》に違いない。けれど、この檻に入っている間は逃げられない。いつまで続くのか。早く終わってくれればいい。

一時間が経った。音が止み、ロッカーの扉が少しだけ開く。少年はじっと固まったまま隙間を凝視する。守ってくれる檻が開いてしまった。出て行った瞬間、頭を殴られるかもしれない。動けない。動けないまま二時間を過ごし、耐えきれず外に出てみるとそこには誰もいなかった。

同じ拷問を何度も繰り返されて、少年は生きた心地《ここち》を忘れてしまった。どれくらい時間が経ったのだろうか。自分はいつ解放されるのだろうか。家に帰れるのか？　お母さんに会えるのか？　どうしてこんな目に遭っているのだろう？　あれ？　昨日まで僕はどこで何をシていタンダッケ？　僕ノ名前ハ――――。

極度のストレスから体中を掻き毟《むし》る。発狂したように叫び、ひたすら転がり続け、思い出したように胃の中の物を吐き出した。糞尿《ふんにょう》をまき散らし、室内に異臭がこびり付く。自分の名前を思い出す。父の名前を、母の名前を口にする。返事はない。誰でもいい、何か話そうよ。一人は嫌だ。一人は辛《つら》い。あの二人組でさえ姿を見せてほしいと思うようになる。けれど、そんなときに限って二人組は現れなかった。

壊れたように意味不明な行動を取り続け、やがて少年は放心したまま止まった。

三日目も半ばを過ぎた。

涎《よだれ》を垂らしたまま壁の一点を眺めた。自分自身が何者なのかわからなくなった。生まれてこの方、少年の世界はここにしかなかったのかもしれないと思うようになった。父や母のことはきっと妄想で、自分には名前すらなかったのだ。

不意に、甘ったるい香りを覚えた。なんだろう。腐った物や糞尿の臭いとは違う、良い匂い。どこかお母さんを思い出す。温かくてホッとする。穏やかに眠りに落ちていく。

このまま終わってほしい。

もう、怖いのも、臭いのも、寒いのも、痛いのも、いらない。

すべて無くなってほしい。
自分さえも無くなればいいのに。
目隠しされたまま破壊音を耳元で聞かされた。（耳が聞こえなくなればいい）
腐ったパンと牛乳が用意された。（臭いも味もなくなってしまえばいい）
室内温度を弄られた。（寒さを覚えなければいい）
箱に閉じ込められて外側から殴られた。（痛みを感じなければいい）
少年は自ら五感を封じ込め、それが当たり前なんだと思い込もうとした。
そうすれば生きられる。
この世界でも生きられる。

そして、七十二時間後。

意識を失った少年を抱えて、二人組は外に出た。

「拷問が利いたね」

「そりゃ利くだろうよ。俺がその立場だったら耐えられそうにねえよ、たぶん」

「この子に罪は無いんだけどね。……で、交渉は？」

「うまくいったようだ。こいつにゃ悪いが、これで俺たちも」

「あはははは」

少年は意識を取り戻す。

外に出られたと知り、慌てて寝たフリをする。目を覚ましたことに気づかれたりしたら、また恐ろしい目に遭うかもしれない。早鐘を打つ心臓を抑え付けるようにギュッと目を瞑った。

車の後部座席に寝かせられる。運転席と助手席に二人組はそれぞれ座った。この角度からでは運転席の男しか見えなかった。

「あとは事故を起こすだけ」

「気ぃ抜くなよ。狙うは完全犯罪だ」

「すでに完全でしょ？　こっちは味方ばかりだよ？」

「そういやそうだったな」

男たちは何かを話しているけれど、少年には何も聞こえなかった。おかしい。耳が聞こえない。それに、臭いもわからない。暑いのか寒いのかも。おかしい。自分の身体じゃないみたい。

運転席の男が笑う。その横顔だけははっきりと脳裏に記憶された。

たとえ他の感覚を失おうとも、この目だけは失うわけにいかない。

忘れないぞ。

ソノ顔ダケハ、絶対ニ忘レテナンカヤルモノカ――――。

＊　＊　＊

大学近くのこの居酒屋は、週末ということもあって、ほぼ学生たちで占められ大盛況だった。

在学時代から歴史研サークルの飲み会はいつもこのお店で行われた。安い代わりに美味しくない料理は悪酔いするには持ってこいのツマミであり、日々蓄積された鬱憤を吐き出す燃料として一役買っている。

「草食男子が悪いのよ」

焼酎をちびちび呷る陽子の右隣で、智子先輩がジョッキ片手に熱弁していた。

「世の中女性が強くなったって言うけど違うわよ、男が弱くなったんだ」

「はあ」

「何だよ、その顔は？　反論したいならまずそのジョッキを空けなさいよね。何杯目？　二杯目？　私これで四杯目！　何時間経ったと思ってんの？　ペースを上げろ、ペースを！」

　対面して座る男子が嫌そうな顔をした。さっきから智子先輩の愚痴に付き合わされているのは彼である。

「……この後仕上げなきゃいけない仕事があるんスよ。だから、あまり飲み過ぎるのはちょっと」

「これだから草食は！　仕事くらい酔ったままでもこなしなさい！」

「無茶言わんでくださいよ～」

　陽子は、可哀想に、と思いつつも我関せずを貫いた。

　この日、メンバーを集めたのは智子先輩である。卒業した後でも時々飲み会が企画され、その度に元メンバーは招集に応じるのだから智子先輩の人望の厚さは在学当時から衰えを知らない。今日だって十人を超す人数が集まった。

　そして、智子先輩が飲み会を開くときは大抵嫌なことがあった直後である。今日は先日あった合コンの不平不満を愚痴ることが目的だ。なんでも、豪快な智子先輩は男たちに姐《ねえ》さん呼ばわりされてしまい誰とも恋愛関係にならなかったらしい。

　智子先輩は一気にジョッキを空にすると、おかわりを高らかに注文した。男前だ。

「山川ぁ、アンタも飲みが足らないんじゃないの？」

「えっと、じゃあ日本酒をお願いします」

「よく言った！　見なさい、この子も飲むっつってんだからアンタも追加ね」

男子は泣きそうな顔になった。陽子は知らんぷりする。

実を言えば、陽子はかなりいける口である。入学したての頃に智子先輩に勧められて教わったお酒だが、初日から先輩を凌駕《りょうが》する飲みっぷりを披露した。母方の血筋のせいか、山川家の女はザルなのだ。

しかし、お酒を楽しいと思ったことは一度もなかった。元々智子先輩に付き合って始めたお酒なので、陽子にとって飲み会とは酔い潰れた智子先輩を介抱するものという認識でしかない。

今日は絡まれないからすごく楽だ。男子には悪いが、陽子は智子先輩を押しつける気満々で静かにお酒を飲むのだった。

「男ってどうしてこう言い訳ばっかするのかしらね。嫌なら嫌ってはっきり言えばいいのよ。変にヨイショするから勘違いするんじゃない！」

「……それって女子にも言えることじゃないでしょうか？　思わせぶりは女の方が上手ですよ」

「目的が違うのよ、目的が！　こっちはいい女に見られたいから。そっちはなあなあの関係にしたいから！　女はね、どうでもいい男に色目なんて使わないわよ。けど、男は違うの！　よく見られたい、でも付き合う気はないとか、何よそれ!?　変な距離保とうとすんな！　踏み込ませたくないなら気のあるフリすんなってのよ！」

「相手によりますってば」

「なにおう！　どういう意味だそりゃ！　アンタ、私に喧嘩売ってんのね!?」

あーあ、智子先輩のあしらい方がなってないなあ。素直に頷いておけばいいのに。

陽子は静観しながら枝豆を摘《つま》む。

「小野先輩は相変わらずだね。ところで、山川さんはどうなの？　彼氏できた？」

左隣に座る同級生の牟加田《むかた》君が話しかけてきた。田舎《いなか》に彼女を残してきたという牟加田君は昔から恋愛話にはあまり参加しない人だった。遠距離恋愛を楽しんでいて他人の恋愛には興味がないからとか。

なので、この手の話を振ってきたことはとても珍しかった。

「ないよ。そういうのは。全然」

「全然って……。出会いくらいあるでしょ？」

「男の人と知り合ったからって全部が恋愛に結びつくとは限らないでしょ？」

「そりゃそうだけど。山川さんにその気はなくても相手は違うかもしれないよ。アプローチされているのに気づかなかったり、とか」

「そういうの鈍い方だとは思うけどね。でも、……うん、やっぱりないなあ」

出会いと言っても、保育士をしている限り出会う異性は園児の父親が関の山だ。例外と言えば雪路雅彦くらいのものだが、ああいうのはタイプではない。

園児の父親、か。

日暮親子は今頃何をしているのだろうか。不器用な旅人が洗濯物を畳もうとしたところを灯衣に止められていたりして。その光景を想像して思わず笑みを零《こぼ》しそうになる。

「どうしてそんなこと聞くの？　牟加田君らしくないじゃない」

「うーん、その、……実は会社の同僚にね、誰かいい子がいたら紹介してほしいって頼まれちゃって。山川さんさえよかったら紹介するよ？」

「私はいいよ。そういうことは智子先輩に譲ってあげてよ」

「先輩はある意味ハードル高いから。下手《へた》な男連れてくると怒られそうだ」

同感だ。本人が真剣な分だけ紹介する方も覚悟が要る。

「いいや。この話は忘れて。やっぱり他人の恋愛に首突っ込むもんじゃないや」

「そう。それでこそ牟加田君よ」

「あははは。……あー、でも、気になるカップルがいるにはいるんだよね。山川さん、祐介《ゆうすけ》たちのこと、何か聞いてる？」

「……行方不明のこと？」

「そう、それ」

陽子は傾けていたグラスをテーブルに戻し、顔を俯かせた。

同級生の川村《かわむら》祐介と七尾《ななお》満里奈《まりな》のカップルのことだ。二人とも歴史研のサークル仲間で、当時から付き合っており同棲していた。

祐介はとにかく金遣いが荒い男だった。普段はろくに仕事もせずに遊び歩き、あちこちに多額の借金をしているという話だ。満里奈はそんな彼氏に尽くしてきたが、先日ついに陽子の元へ相談しにやって来た。

祐介が行方不明になったというのだ。借金取りに追われているかもしれないと満里奈は語った。「東京湾に沈められてたらどうしよう」とか「どこかの国に売り飛ばされていたら大変」などと言って騒ぎ出したのだが、それは無いと陽子は思った。人殺しも人身売買も物語の世界の話であって、現実にしょっちゅう起こっていたら大問題だ。仮に、実際にあったとしても借金取りが祐介一人のためにそこまでのリスクを背負うとは思えない。本人捕まえて家財を差し押さえる方がよほど堅実的だろうし。

祐介はきっと一人で高飛びしたのだ。祐介の捜索は借金取りの皆さんに任せればいい。自業自得なんだし、お金は借りたら返すべきだ。

そのように言って聞かせて満里奈を宥《なだ》め、一週間が経っても音沙汰が無ければそのとき警察に行こうと説得した。もっとも、警察が真剣に取り合ってくれるかどうかはわからないけれど。

思い出しても腹が立つ。満里奈が可哀想でならず、今度祐介が見つかったら満里奈の代わりに文句を言ってやろうと密《ひそ》かに決意していた。

「山川さん？」

突然不機嫌な顔で黙り込んだ陽子に、牟加田は恐る恐る声を掛ける。

「どうかしたの？　祐介のこと何か知ってるの？」

「祐介君は最低よ。満里奈の気も知らないでさ。私に相談しに来るくらいだもん、今度という今度は満里奈も愛想尽かすに決まってるわ！」

そうでなきゃ困る。満里奈もそろそろ目を覚ますべきだ。

「え⁉　七尾さんから相談って、いつ⁉」

声を上げた牟加田に驚いた。陽子は目を瞬かせながら素直に答えた。

「せ、先週だけど」

牟加田の声にそれまで思い思いに飲んでいた仲間たちが一斉に注目した。

「何よ、川村たちの話？」

「あいつ、なんかやべえことに巻き込まれたって聞いたけど」

「満里奈も可哀想だよね。あんな男に引っかかってさー」

「どこがいいんだろうね？　学生時代からギャンブルにどっぷりハマってたし。卒業してもずっとブラブラしてるでしょ、あいつ」

何やら情報が行き交い始めたが、陽子はまず牟加田が何に驚いたのか聞きたかった。視線を送ると、牟加田は一つ頷いた。

「祐介なら見つかったよ。ていうか、連絡があった」

「え⁉　嘘⁉　どこにいるの⁉」

「市内にいる。でも、そっちじゃなくて七尾さんの方が心配で」

「……何かあったの？」

「祐介がさ、しばらく会えそうにないってことを七尾さんに伝えといてくれって頼んできたんだ。最初は断ったよ。そういう大事なことは自分から言えって」

「当たり前よ！　満里奈とあいつ同棲してんのよ⁉　まるで他人事じゃない⁉」

人伝《ひとづて》に聞かされたらどれほど傷つくだろうか。そういうことにさえ気が回らないのか、あいつは。

「でもね、祐介の奴、なんか知らないけど追い詰められているみたいでさ。自分から連絡すると迷惑が掛かるって言うんだ。七尾さんのことは本当に大切だからそうせざるを得ない、みたいなことを長々と説明されて」

「……それで、牟加田君は満里奈にしたの？　その話を？」

「しようとしたけど、連絡がつかなかった。家にまで行ったんだ。早い方がいいと思って。でも、七尾さん、家にいる気配がなかったんだよ。何度か足を運んだんだけどね」

「今度は満里奈が行方不明って言いたいわけ⁉」

牟加田は困ったように頷いた。

考えられるのは、満里奈が一人で祐介を捜し回っているということだ。けど、満里奈は考えなしに行動したりしない。警察を頼ったり、友人に相談したりと、理性的に物事を見極め判断できる人である。現に、陽子にも相談してきた。

「祐介君から連絡が来たのっていつ？」

「水曜日の夜。木曜日に七尾さんを訪ねて留守だった。念のために今日は七尾さんの職場にも電話したんだけど、もう三日も無断欠勤しているから勘弁してほしいって文句を言われたよ」

「そんな……」

三日――つまり、木曜日から満里奈はずっと仕事を休んでいるということだ。嫌な感じがする。職場にも顔を出さないなんて、真面目な満里奈には絶対にあり得ないことなのだ。

まさか、何か事件に巻き込まれたりしているんじゃ。

「どうしよう。どうしたらいいの⁉」

陽子に縋られて牟加田は驚いた顔をした。牟加田は陽子ほど満里奈のことを知っているわけではないので、ほとぼりが冷めたらひょっこり現れるだろうくらいにしか思っていない。

「落ち着いて。とりあえずここにいる面子《メンツ》にも聞いてみようよ。誰か七尾さんから連絡受けてるかもしれないし」

牟加田は皆に陽子にした話を聞かせて情報を募った。しかし、実のあるものは一つも出てこなかった。

警察に行こうと騒ぎ出したメンバーを牟加田は「騒ぎを大きくしたらますます七尾さんが出てきにくくなる」と言って宥めた。

牟加田の言い分は事を軽く受け止めている証拠である。どうせ痴話喧嘩が白熱して別居しているのだろうくらいにしか考えていない。しかし、満里奈の性格をよく知る陽子はそこまで楽観的になれなかった。

もはや四の五の言っている場合じゃない。

明日は日曜日だ。

陽子は出るところに出る覚悟を決めた。

*

翌日。陽子は『探し物探偵事務所』にいた。

例の如《ごと》くアポイントメント無しの訪問に、その場に居合わせた雪路の表情が厳しいものになる。構うものか、と昨夜牟加田に聞かされた話を旅人と雪路に聞かせた。

旅人は神妙に頷いた。

「わかりました。七尾満里奈さんを探しましょう」

「アニキは黙ってろ」

で、例の如く雪路がストップを掛ける。雪路の心情なら十分理解しているつもりだが、今回ばかりは引き下がれなかった。

「満里奈はしっかり者で責任感の強い子なの。他人に迷惑を掛けるような子じゃなかった。事件に巻き込まれた可能性があるのよ」

「そりゃアンタの憶測だろう。俺から言わせればその牟加田って人の言ってることの方が正しいと思うぜ。夫婦喧嘩は犬も食わないってな。第一、川村祐介はもう見つかってんだろ？　そいつに確認してみるのが先だろうに」

陽子とてそのつもりでいた。しかし、祐介は携帯電話を解約しており、未だに所在も摑めていないのだ。

「市内にいるのは確かよ。でも、それ以上は私にはわからない」

「本当のところ、市内にいるかどうかも怪しいけどな。そいつ、借金取りから逃げ回ってたんだろ？　どうして突然帰って来られたんだ？　しかも友人に電話まで入れるなんて不用心過ぎる。考えられるのは捜索の攪乱《かくらん》。市内にいるってことを誰かしらに伝えて本人は逃亡生活の真っ最中さ。——ああ、なるほど。女を連れて逃げ出したんだ。同棲している彼女なら借金の肩代わりにされるだろうし。彼女も行方不明扱いにすれば十分攪乱できる。ほら、辻褄《つじつま》が合っちまったぜ」

雪路は存外に頭が回る。動機も状況証拠も十分だ。

しかし、やはり陽子は納得できないのだ。七尾満里奈はそんな子じゃない。素直に祐介について行くとは思えない。

旅人が口を挟んだ。

「牟加田さんに連絡を入れたことに裏はないと僕は思うよ。川村祐介さんは純粋に恋人に迷惑を掛けたくなかったんだ。そして、七尾満里奈さんは何かしらの手掛かりを摑んで祐介さんを探し始めて、事故に巻き込まれた。こうじゃないかな？」

旅人の推理に陽子は頷いた。

どうしようもない人間だが、それでも祐介は陽子の大切な友人の一人だ。友達を利用してまで逃亡するような人じゃないと信じたい。それに、満里奈も自分の意志で逃げ出すような弱い人間じゃないはずだ。

旅人が陽子の気持ちを汲《く》んだ上で考えてくれたことが嬉しかった。

だが、雪路はなおも反論する。

「アニキは人を信用し過ぎだ。借金作って高飛びするカップルなんざ珍しいものじゃない。蓋《ふた》開けてみたらそんなもんだよ、どうせ」

「……なんにせよ、心配だよ。陽子先生のためにも探してあげるべきじゃないかな？」

「その二人は見つけられたくないかもしれないぜ？　それでもいいのか？」

その問いに答えたのは陽子だ。

「構わない。たとえユキジ君の言うとおりだったとしても、このままってわけにいかないもん。満里奈のこと放っておけないよ」

旅人と陽子に見つめられて、雪路は溜め息を吐いた。

「わあったよ。探してやるよ。ただし、きっちりお代は頂くからな」

一体いくら請求されるのか気になるが、陽子はひとまず安堵した。旅人ならば二人を見つけ出してくれるはずだ。

しかし、立ち上がりかけた旅人を雪路が止めた。

「今回はアニキの出番はなしだ。俺が探す」

「え⁉　ユキジ君が⁉」

どういう風の吹き回しだ。

「ああ。アニキの目は手掛かりを見つけ出す目だが、今回の件に関して言えばそれは遠回りになる。二人を探す材料はとにもかくにも目撃情報だ。人脈のある俺が動いた方が効率はいい」

旅人を窺うと、旅人は少し間を置いて説明した。

「僕の目は直接でなければ手掛かりを見つけ出せません。市内全域を歩いて探していては時間が掛かりすぎる。一刻も早く七尾さんを見つけたいのなら、ここは雪路に任せるのがいいかもしれません」

旅人がそう言うならば従うしかなかった。

「ンだよ、その顔は？　俺じゃ不満か？」

陽子は慌てて頬を押さえた。不満はないが不安が顔に出てしまったようだ。

「そうじゃないけど、でも大丈夫なの？　ユキジ君って探偵じゃないんでしょ？」

「この町のことなら俺が一番詳しいだろうぜ。そこらの興信所よりは使い物になるよ。見てろ、一日で見つけ出してやる」

自信満々な顔つきでにやりと笑う。あくどい顔に見えたのは気のせいだろうか。

「んじゃ、早速動いてやるか」

意外なのは雪路が若干乗り気であることだった。事務所を出て行くのを見届けてから、陽子は旅人に向き直った。

「ユキジ君って一体何者なんですか？」

前から疑問に思っていた。旅人のことをパートナーと呼ぶが、だからといってこの事務所に勤めているわけでもないらしい。

「彼はこの町のなんでも屋さんなんですよ。実績もあるからたくさんの人に慕われています。彼が声を掛ければ誰もが協力してくれるでしょう。かく言う僕も、ユキジから頼まれたらどんなことだってするでしょうね」

そう話す旅人の顔はどこか誇らしげだ。

なぜだろう。ちょっとだけ悔しい。――って、男に嫉妬《しっと》してどうする。

雪路と入れ違いに灯衣が外から帰ってきた。

「おかえり、テイ」

「テイちゃん、おかえりなさい」

「ただいまーって、……なんで陽子先生がいるのよ」

顔を合わせるなり文句を吐いた。

灯衣はここ最近陽子に対して敵意を剝き出しにしてくる。とは言ってもキーッと感情的に嚙みついてくるだけなので可愛げしか感じないが、それでも寂しくはある。少しくらい懐いてくれてもいいのにと思わなくもない。

どうやら日暮家の家事を手伝っていることが気に入らないらしい。

難しい年頃だ。

「テイちゃん、どこ行ってたの？　お友達のところ？」

「陽子先生には関係ないわ」

ふん、とそっぽを向かれる。

割と傷ついた。

「テイ、そんなこと言ってはいけないよ。陽子先生はテイの保育園の先生なんだから、仲良くしなくちゃ」

旅人に窘《たしな》められても、灯衣は陽子をキッと睨みつける。

「だからってパパと仲良くなる必要なんてないでしょ。どういうつもりよ？　どうしてウチに来てまでお掃除とかしていくわけ？」

「えっと、それは――」

いつも片付いていなくて気になるから、なんて旅人を前にして言うのは憚《はばか》られた。きっと落ち込むだろうし。

「日暮さんにはお世話になったことがあるし、そのお礼のつもりだよ。それに、今日はお仕事のお願いで来ただけだから」

「ふうん。で、お話は終わったの？　なら、もうお引き取りください」

ツーン、という擬態語が聞こえそうなほど顔を背けてリビングを通り過ぎる。旅人が申し訳なさそうに頭を掻いた。

「どうもすみません。後で言って聞かせます」

「いいんですよお。これは私とテイちゃんの闘いですから」

「え？」

「ちょうどお昼ですし、テイちゃんと仲良くしてみます」

陽子は勢いよく立ち上がると、灯衣のいるキッチンに入っていく。灯衣が冷蔵庫を開けて中身を確認しているところに横から割って入り、一緒に眺めた。

「あらー、このキュウリもう傷んでない？　あ、まだ大丈夫そうだね。これを塩漬けにしてっと。ジャガイモまだあったよね？　ポテトサラダ作ろっか」

「んーっ！」

灯衣がぐいぐい押し返しても陽子はビクともしない。

ふふん、と勝ち誇る。

「観念して一緒にお料理しようよ。私の目が黒いうちは好き嫌いさせないんだから」

「やーだーっ！　陽子先生が作ったお料理美味しくないもん！　店屋物でいいもん！　冷蔵庫の残り物は全部ユキジが処分するんだもん！」

「失礼な！　私だって最近お母さんに教わってるんだから！　しょっちゅう店屋物じゃ飽きるでしょう！　ユキジ君が可哀想！　もー、突っ込むこと多すぎ！」

ちなみに、冷蔵庫にある食材は陽子が買ってきたものだ。日暮親子は外食か店屋物、インスタント食品ばかりで偏った食事が多く、見かねた陽子が手料理を振る舞うために備蓄したのである。今まで料理らしい料理を作ったことがなかったので、これを機に練習しようという腹積もりもあった。

それに、灯衣と一緒にお料理するのは仲良しになれる良いきっかけにもなるし、実際に楽しかったりする。

「あーっ、ダメじゃない！　今、ピーマン隠したでしょ⁉」

「んーっ！」

「って、どうして冷凍食品があるのよ？　これ、昼食にするつもりだったのね？　ダメよ。ちゃんと料理しなきゃ。節約にもなるんだし」

「陽子先生の美味しくないから、やっ！」

「こ、この前は偶々よ！　失敗は誰にでもあるの！　ほら、好き嫌いしてると大きくなれないぞ！」

「助けて、パパーっ！」

なんだかんだと文句を言いながらも、結局灯衣は陽子と料理を作る羽目になる。

リビングからその様子を窺っていた旅人が優しく微笑んでいた。

登園時間に灯衣を連れてきたのは旅人だった。普段は雪路が送り迎えを買って出ているのだが、この日は都合をつけられなかったようだ。

「陽子先生が依頼した件をずっと調べてくれているそうです。迎えにはユキジが来ると思いますので、進捗《しんちょく》具合はそのとき話してくれると思います」

「ユキジ君に迷惑掛けちゃいましたね」

一日が経って、——飲み会の日から丸二日経った今では、陽子は十分冷静さを取り戻していた。雪路や牟加田の言うとおり、大袈裟に考え過ぎている感も否めないのだ。いくら満里奈の性格を知っていても、彼氏の前で見せる「女」の部分までは想像できなかった。好きな彼氏が一週間以上も行方知れずならば、どんなに思慮深い満里奈でも取り乱すことだってあるだろう。そこへ突然帰ってきた彼氏に「逃げよう」と言って手を引かれたらついて行く可能性だってゼロではない。馬鹿馬鹿しい話だが、悲劇的な展開ほど恋愛って陶酔できるものらしいし。

であるならば、陽子のしていることは野暮以外の何物でもない。

*

これで市内に潜伏していた日には、祐介の借金の額も知れるというものだ。倦怠期《けんたいき》打破への演出とかだったら二人とも殴ってやる。

「ユキジは楽しんでやってると思いますから気にしなくてもいいですよ。とにかく、お二人が無事であることを祈りましょう。何事も無いのならそれに越したことはありません」

「そう、ですね。事故に巻き込まれているかもしれないって考えてましたけど、そうじゃない方がいいに決まってますもんね」

何より、旅人の目を酷使しないで済む。

「けど、ユキジのことだから法外な依頼料を請求してくるかもしれないわよ？　陽子先生に払えるかしら？」

なぜか灯衣が勝ち誇ったように言った。ちょっとムッとなる。

「払えます！　テイちゃんが心配することないよ」

「別に心配してないわよ。払えないならわたしから言ってあげてもいいかなって思っただけよ。その代わり、もうウチには来なくていいからね？」

「……テイちゃん、そんなに私のこと嫌いなの？」

萎《しお》れてみせる。すると、灯衣は珍しく慌てた。

「別に嫌ってない！　……あー、うー、――もういい！　知らない！」

逃げるように駆け出し園内に入っていく。

旅人と並んで微笑ましく眺めた。

「口ではああ言ってますが、テイは陽子先生が来てくださるのをいつも楽しみにしているんです。僕と話すときも先生の話題で持ちきりですよ」

「本当ですか⁉」

嬉しい。日頃のスキンシップが功を奏したようだ。

「それじゃ、私そろそろ行きますね」

「ええ。テイのことよろしくお願いします」

旅人も一礼すると、そのまま別れた。

こうして、陽子の一日は気分良く始まった。


しかし、凶報は早いうちに訪れた。

お迎えの時間に真っ先に現れた雪路は、一緒に連れてきたチンピラ風の男に灯衣を押しつけると、陽子を呼び出した。

職員室は、他の職員が気を利かせてくれたのか、陽子と雪路の二人だけだ。

「とりあえずわかったことから話そうか。川村祐介はあっさり見つかったよ。市内にあるホストクラブ『ギア』って店に住み込みで雑用している。サラ金業者の斡旋でタダ働きだ」

「……」

呆気《あっけ》ない幕切れに正直拍子抜けである。呆れて言葉が出てこない。

しかし、雪路は至って真剣な表情だ。嫌味の一つも言われると思ったのだが、まだ続きがあるらしい。

「問題でもあるの？」

「ああ。サラ金、つーか闇金だな。暴利で契約させていざ払えなくなったら執拗な取り立てで骨の髄までしゃぶり尽くす連中だ。川村は現在二百万以上の借金があるんだが、闇金業者ってのは取り立てが半端ない。債務者が失踪《しっそう》した場合、留守にした家から家財を回収するか、親族あるいは恋人や友人に請求を回したりするんだが、ここで腑《ふ》に落ちない事態に繋がっている。実際には、川村が住んでいるアパートに手が回された形跡はないし、川村の周囲に被害が及んだ事実もない。そして川村は、どういうわけか逃亡をやめて業者の言いなりになってやがる」

そこで一呼吸の間を置き、陽子を見た。

「おかしいと思わないか？　斡旋された仕事がホストクラブの雑用じゃあ給料なんて高が知れている。返済までどんだけ時間が掛かるかわからない。業者もそんな面倒なことしなくても、遣りようならいくらでもあるはずなんだ」

雪路の説明に、陽子はしかし、首を傾げて疑問を口にした。

「えっと、ちょっと待って。何情報よ、それ？　ユキジ君はどうやってそこまでわかったの？　順序立てて説明してよ」

雪路は一瞬眉を顰めたが、納得したように頭を掻いた。

「そういやアンタには言ってなかったな。俺はそっち系の、いわゆる犯罪組織に伝手がある。そいつらを擁護するわけじゃないが、必要とあらば利用しているし、逆に世話も請け負っている」

平然と話す。陽子は雪路という男がますますわからなくなる。裏社会に精通している男が園児の送り迎え？　なんじゃそりゃ？

「で、川村祐介の名前で検索したところ闇金融でカモられていることがわかった。それを知った当初は、高飛びしたなって思ったよ。けど、詳しく調べてみたらさっき挙げた事態にぶち当たった。なぜわざわざ捕まりに戻ってきた？　どうして業者はそんななぬるい手で返済させているんだ？　そして、七尾満里奈はどこへ行った？」

びくりと肩が震えた。

借金苦で逃亡した祐介。満里奈はそんな祐介を追いかけて失踪したのだと思い込もうとした。

けれど、当の祐介は戻ってきて仕事に就き、満里奈は依然行方知れずのまま。

雪路が疑問に思っていることは、闇金業者の「らしくない行動」である。

言いたいことはわかる。

その「らしくない行動」と「満里奈の失踪」が関係しているのだ。

「ま、無関係ってことも大いにあり得るけどよ」

「でも、引っかかっているんでしょ？　やっぱり珍しいことなの？」

「……その闇金業者ってのがなかなかあくどくて、裏で暴力団が関与している。荒事のプロがそんな生っちょろい取り立てをするっつーのは、俺の常識からは外れるな」

そして、雪路は言いづらそうな顔になる。

「俺の考えはこうだ。川村祐介は恋人を人質にされて市内に戻ってきた。が、実際に恋人は捕まっていなかった。隙を見て友人に連絡して『しばらく会えない』――おそらく別れようってなニュアンスなんだろうが、川村祐介の方はそれで一件落着していたんだ。しかし、闇金の真の狙いは川村でなく恋人の方だった。彼氏に怪我させたくなければ借金を肩代わりしろ、とか言って従わせているんじゃ」

「何よそれ!?」

　思わず叫んでいた。

　雪路の言葉は憶測であって真実じゃないのに、陽子は見てきたかのように憤慨する。

「満里奈は関係ないじゃない!?　どうしてそういう発想に及ぶのよ!?」

　雪路はつまらなげに視線を逸らした。

「一つ確認しておくが、七尾満里奈って娘は結構可愛いんじゃないか？」

　黙って頷く。満里奈は異性から大層モテる。とびきり美人というわけではないが、愛嬌《あいきょう》があって可愛いし、何よりスタイル抜群だ。胸の大きさは友人の中でもダントツである。

「なら、その娘の方が金になると踏んだんだろうよ。失踪したはずの彼氏を誘《おび》き寄《よ》せて無事であることを見せつける。それから脅迫すれば効果覿面《てきめん》だ。惚《ほ》れているならなおさらな。性風俗は暴力団の庭だから斡旋はお手の物」

「ふざけんじゃないわよ！　そんなの許せない！　ねえ、どうにかして満里奈を救い出せない!?」

「あくまでも、これは俺の想像だ。救い出すも何も、七尾満里奈の足跡すら摑めていないんだから対策だって立てられない」

「うっ……」

確かにそうだ。雪路は祐介を見つけてくれただけ。後のことは全部想像でしかない。満里奈だって、もしかしたら実家に帰省して帰るに帰れなくなっているとか、そういうことかもしれないし。

でも、だったら職場に連絡の一つも寄越すはずだ。

やっぱり満里奈はとばっちりを受けて失踪したに違いない。

「あ、あのね、ユキジ君」

「お疲れでした。これで俺の仕事は終わりだ」

「へ？」

「川村祐介を見つけたんだ。文句はねえだろ」

じゃあな、と手を上げて職員室を出て行く。慌てて追いかけた。

「待ってよ！　嘘でしょ⁉　これで終わりにする気なの⁉」

追いついて腕を掴む。すると、雪路は人差し指を立てて唇に当てた。

「静かにしろよ。ガキが見てんぞ」

「あ」

迎えを待つ園児たちがこちらを窺うようにして見ていた。教室の奥にいる智子先輩と目が合うとしっしっと手を振られた。

黙ったまま雪路の後について歩き、外に出て周りに園児がいないことを確認してからようやく声を出した。

「ね、ねえ、せめて祐介君が働いているお店に連れて行ってよ。彼に直接会って話がしたいのよ。お願い！」

「まだ仕事終わってねえんだろ？　戻れよ。金は後日でいいぞ。アニキんとこに持って来てくれ」

「待ってってば！」

正門を抜けたすぐ傍の路肩に一台の高級車が停まっていた。運転席が開くと中から雪路が連れてきたチンピラが出てきた。

陽子は一瞬ギョッとした。

「うっす。車回しておいたっす」

チンピラは脳天気そうな笑顔を浮かべて言った。スキンヘッドででかい図体をしている割に、顔には愛嬌がある。

「おう、ご苦労さん。テイちゃんはきちんと送ってきたか？」

「うっす。きちんと送ったっす」

何が楽しいのかヘラヘラしながら喋る。あ、前歯がない。

陽子がしげしげと男を眺めていると、雪路は呆れるように言った。

「アンタもすげえな。こいつの顔見て怖がらねえ女初めて見たよ」

「え？　そう？」

別に怖くはない。今まで出会ったことのないタイプの人だからついつい観察してしまったのだ。

そういえば、周りに陽子以外の保育士の姿が見えなかった。迎えに来た保護者と一緒に遠巻きになってこちらを窺っている。

「俺も用事があって来られないときはこいつにテイちゃんの送り迎えを頼んでる。そのせいで園長先生からたまに苦情がくんだよ。園児が怖がるからこいつの迎えは控えさせてくれってさ。見た目以外に害は無いから心配する必要ないんだけど」

「へへへへぇ」

また笑う。……熊《くま》みたいで可愛いと思ってしまう私はおかしいのだろうか。

「んじゃな。話はこれでおしまいだ」

ハッとする。男に気を取られている隙に雪路が運転席に入ってしまった。すぐさま駆け寄って窓を叩いた。

「まだ話は終わってないわよ。こら、ちょっと」

「カメ、さっさと乗れよ」

雪路は陽子を無視して男に声を掛けると、カメと呼ばれたチンピラはまたもや馬鹿丸出しの笑みを浮かべて陽子を見た。

「ユキチさぁん、この人も『ギア』に連れて行くんすか？」

「あ、バカっ」

「え？」

『ギア』って、確か祐介君が働いているお店の名前じゃあ——。

「今から行くの？　祐介君のところに？　連れてって！」

「ったく、バカカメ！」

舌打ちしてカメを睨みつける。カメはよくわかってないのか終始笑顔だ。

しかし、どうして雪路はそのお店に行くのだろうか。仕事は終わりだって言ってたくせに。

陽子に睨まれて、雪路は観念したように溜め息を吐いた。

「わーったよ。連れて行ってやるから睨むなよ」

「その前に説明して。何しに行くの？　さっき仕事は終わりって言ったでしょ？」

雪路はばつの悪そうな顔をする。

「あー……、ちょいと気になることがあるんだ。それを確かめにな。完全にこっちの都合だ。アンタを関わらせるわけにいかないんだよ」

「どうして？」

「一般人は黙ってろってことだ！　言わせんなよ！　アンタにもしものことがあったらアニキに申し訳が立たねえんだよ！」

くそ、と毒づきながらハンドルを殴る。陽子は首を傾げるばかりだ。雪路の言っていることはよくわからない。

「待っててやるから仕事に戻れ。いい加減戻らないと怒られんぞ？」

「あ、うん。ありがとう」

よくわからないが、連れて行ってもらえるのなら甘えることにしよう。

待てよ。離れた途端に出発されても堪らない。

「ねえ、どうして連れて行ってくれる気になったの？」

雪路はぐてっと脱力する。

「そこまで言わせるか。……どうせ、俺が連れて行かなかったら今度はアニキに頼むんだろうが。できるならアニキもこの件には関わってほしくないんだよ」

そういうことか。

雪路の言動の裏にはいつも旅人への気遣いがある。

なぜかこっちまで嬉しくなってしまう。

「詳しいことは後できっちり説明してもらうからね。――あ、もう一つ聞いていい？

あの人の名前なんて言うの？」

カメさんを指差す。雪路はだらしなくシートに寄りかかって、

「亀吉。だから、カメ」

「うっす。ユキチさんの舎弟っす」

「てめえ、何度も言わせんな！　俺の名前はユキジだ！」

「うっす。ユキチさん」

カメさんは満足そうに何度も「ユキチさん」を繰り返す。漫才を見ているようで楽しいが、陽子は一旦園内に戻ることにした。

なんだか最近、いろんな人と知り合うなあ。

「ねえねえ、どうしてカメさんを連れて行かないの？」

陽子は、自分と入れ違いに帰らされた寂しそうな背中を思い出していた。

「三人で押し掛けると変に目立つだろ。アンタが行くってんなら帰るのはカメに決まってる」

＊

車に乗せてもらって街道を走る。隣町の繁華街に向かっているようだ。雪路と陽子の二人で件《くだん》のお店『ギア』を目指した。

夕暮れの街並みが車窓の外を流れていく。

「この町には昔から怪物が棲《す》んでやがるんだ。怪物って言っても漫画なんかに出てくるようなモンスターじゃねえぞ。ダークサイドを取《と》り纏《まと》めている巨大組織のことだ。ドラッグの製造・売買、拳銃の横流し、不法滞在している外国人の人身売買、なんでもござれだ。経済回すための必要悪、その親玉」

道中、雪路は陽の当たらない世界の片鱗《へんりん》を語って聞かせてくれた。

「俺はそういう闇市場に関わって身を滅ぼした連中を拾って回ってるんだ。慈善事業のつもりはねえ。俺には俺の目的があるんだが、これ以上は言えない」

「……日暮さんは知ってるの？　ユキジ君がそういうことしてるって」

「知ってるよ。アニキも拾ったうちの一人だからな。いいか？　川村祐介がアンタの知り合いだから連れて行くが、余計な行動は慎んでくれ。俺の言うことには従うこと。でないと、危険な目に遭うかもしれない」

旅人の過去が若干気になったが、後の台詞は遠回しに「詮索するな」と聞こえた。

ひとまず置いておこう。

目下、大切なことは祐介に関する情報だ。

「祐介君ってそんなにまずいことに巻き込まれているの？」

「かもしれねえ。勘だけど、背後に暴力団が絡んでいるならその可能性はある。どのカテゴリかは知らねえけど、ヤバイ橋渡ることになるかも。だからアンタを連れて行きたくなかったんだ」

「ご、ごめん」

またもや自分に向けられた気遣いに気づけなかったことを恥じ入った。

「……ま、いいさ。いずれアニキにも報告するんだ。結局アンタのとこにも情報は行くだろうし、勝手されるくらいなら一緒に連れて行く方がマシ」

それに川村の反応も窺えるしな、と付け加えた。

雪路は個人的な目的でこの事件の裏側を探っている。今回はたまたま目的が一致したので同行させてもらえたが、もしも雪路が手を引いていたらどうしていただろうか。満里奈のことは放っておけない。雪路の言うとおり、一人で『ギア』に乗り込んだだろう。

……いや、きっと旅人に協力を求めたはずだ。

客観的に見てみると、どうやら私は落ち着きがないようだ。目の前しか見えなくなって周りに配慮が届かなくなるのだ。

「ユキジ君、もしかして怒ってる？」

雪路は訝しげに陽子を見つめた。

「……どうしてそんな会話になるんだ？　いつ怒ったよ、俺が」

「なんか、私が日暮さんと仲良くしているの気に入らないみたいだし」

「……流れがいまいちわかんねえけど、気に入らねえな」

はっきりと言われて肩を落とす。

自分で聞いておいてなんだが、そこまで言うか、と腹も立つ。

「けど、悪いばかりじゃない。俺やカメ、ドクターもそうだが、アニキの傍にはいつもおかしな連中が集まる。探偵業やってんだからそれはもう宿命で、その中でもアンタやテイちゃんは普通の存在だ。アニキにさ、自分が特殊なんだってことを忘れさせてくれるのは、アンタみたいな一般人だと思っている。

——しかし、無闇に頼られたんじゃ堪らねえ。今回は仕方ないとしても、今後はあまりこっちの世界に踏み込んでくるな。迷惑だ」

陽子は、しかし素直に頷いた。

雪路が辛辣《しんらつ》に拒絶するときは大抵相手のことを案じている。それくらいならわかるようになった。

「ねえ、いい加減『アンタ』って呼ぶのやめてくれないかな。なんか棘《とげ》があるんだけど」

それならそれでいつまでも他人行儀というのは気に入らなかった。こっちは親しみを込めて君付けで呼んでいるのだから、雪路にも直してもらいたい。

「そうか？　んな意識なかったけど、悪かった。これからはちゃんと呼ぶよ。『陽子さん』、これでいいだろ？」

意外だ。殊勝なこともそうだが、何よりもその呼び方が意外だ。

「だって俺より年上だろう？　なら、さん付けで合ってるじゃん」

「え⁉　ユキジ君、今いくつ⁉」

「……二十歳《はたち》」

「うっそぉ⁉」

成人したばかり⁉　一年前までお酒もタバコも禁止されていた⁉　全然見えない⁉

思ったことが顔に出たのか、雪路が面白いくらい噛みついた。

「ンだよ、もっと老けてると思ってたのかよ⁉　ひっでぇ！」

「か、貫禄？」

「フォローすんなよ⁉　傷つくぞ⁉　これでも十代のカリスマって呼ばれてたんだ。つい最近までな！　二十代になった途端オヤジ呼ばわりしやがって！」

何やらコンプレックスがあるようだ。

でも、そうやって見ると年相応に見えなくもない。厳しい態度も生意気な弟分と思えば可愛く見えた。

話が脱線しているうちに目的地に到着した。

有料駐車場に車を停めて、徒歩で『ギア』に向かう。最寄りの駅から数百メートルも離れた場所だが飲み屋も多い。お店はその一角のビルに入っていた。

どの階のお店もまだ営業しておらず準備中だった。『ギア』は三階にあり、店内は開店に向けて慌ただしい。雪路は裏手の非常口から侵入し、尻込みする陽子を置いてぐんぐん進んでいく。度胸が据わっているというか、慣れているというか。まるで関係者であるかのような振る舞いに、スタッフと思《おぼ》しき人からも怪しまれることはなかった。

フロアでモップ掃除をしている青年に目を止める。陽子はその顔を見て声を上げた。

「あっ、祐介君！」

川村祐介は陽子に気がつくと目を見開き、次いで手前にいる雪路に軽く会釈をした。

「えっと、――え？　誰？　なんで山川がいんの？」

「ちょいと聞きたいことがあんだよ、こっち来い」

有無を言わせずに祐介を連行する。周りのスタッフは見ているだけで止めに入ったりしなかった。自分たちの方が悪者みたいに思えてくる。

人気《ひとけ》のない非常階段までやって来て、雪路は祐介を突き放した。

「何すんだよ⁉」

「七尾満里奈がどこにいるか知ってることがあるなら吐け」

「へ？　あ、はあっ⁉　山川ッ、どうなってんだよ⁉　こいつ、誰なんだよ⁉」

雪路の迫力に圧されたのか、矛先を陽子に向けてきた。

「あの、ね。この人は……」

陽子を庇うようにして雪路が割って入る。

「ワケあって七尾満里奈を調べてる。てめえが恋人だっつーこともわかってんだ。しらを切ろうってんなら只《ただ》じゃ済まさねえぞ」

折りたたみナイフをサッと取り出して頬に這《は》わせた。祐介は小さく悲鳴を上げる。

陽子は慌てて止めに入った。

「ちょ、ちょっと！　そこまでしなくても!?　祐介君だってなんのことかわかってないんだし、ちゃんと説明してあげてよ！」

腕を掴まれて、雪路は舌打ちした。渋々ナイフを引っ込めるが、脅しが利いたのか祐介は震えながらも大人しくなった。

陽子から説明した。

「あのね、満里奈が行方不明になったの。祐介君、牟加田君に電話したでしょ？　そのことを伝えようとしたら満里奈いなくなってて。祐介君なら何か知ってると思って聞きにきたのよ」

祐介の目が泳いだ。無理もない。突然ナイフで脅されて、今度は恋人の失踪を聞かされたのだから困惑もするだろう。

「し、知らない。本当だ！　俺、ずっとこの町から離れてて。満里奈とも会ってないし」

「本当か？　おまえをここに連れて来たのは鳥羽《とば》組の連中だろう。闇金を資金源にしていてここらに顔が利くのはあいつらだからな。彼女に手ぇ出したのも鳥羽組の連中だ。違うか？」

「知らねえよ！　信じてくれよ！　今初めて聞いたよ、そんな話。満里奈がいなくなったなんて、知ってたらわざわざ連絡してねえだろ⁉」

「……そうだね」

嘘だとは思えなかった。嘘を吐く理由もない。

「山川が探してくれてんのか？」

「うん。祐介君がいなくなって、その上満里奈までいなくなったら心配するの当然でしょ」

「……そっか。そうだよな。悪かった。みんなに迷惑掛けちまった。でも、俺しばらく戻れそうにないんだ。……借金があってさ。逃げられないんだよ」

「うん」

「こっちでも満里奈のこと探ってみるよ。わかったことがあればすぐに連絡する。それでいいか？」

雪路に言っていた。至近距離で睨まれ続けていたので、祐介はもはや涙目だ。

「ああ。こっちも聞きたいことがあればいつでも来るからな。逃げんなよ」

「……逃げないよ。逃げられねえよ、俺」

自嘲するように呟いた。これが演技なら大したものだが、祐介は態度とは裏腹に気が小さい男だ。そんな器用な真似ができるとは思えない。

結局、収穫を得られないまま帰途についた。

「あの野郎、何か知ってやがる」

ハンドルを握る雪路が不意に話し始めた。

「え⁉」

「気づかなかったか？　あいつの反応は不自然すぎる」

陽子はつい先ほどの光景を思い出す。祐介の言動におかしなところはないと思うけど。

「普通、知り合いが行方不明だと聞かされたら必ず尋ねることがある。それは、いつ、いから行方不明なのか、だよ。最後の目撃情報と自分の記憶とを照らし合わせて何かしら手掛かりを推理するものだ」

陽子は「あっ」と口を半開きにした。

確かにそうだ。

飲み会で牟加田と話したときも「いつ」に主軸を置いて全容を把握しようとした。祐介から連絡が来たのはいつか。満里奈が無断欠勤しているのはいつからか。

「仮にも恋人が失踪しているんだ。気になるだろ？　自分のせいかもしれないんだからなおさら。それに、今思えば牟加田って人に連絡を入れたのもおかしい。直接恋人に連絡すればいいのによ。迷惑が掛かるから？　その友人に迷惑掛けておいてか？　まるで『自分は無関係だ』ってことを他人に吹聴しているみたいじゃないか」

「……でも、なんのためにそんな、」

「決まってる。本人が失踪事件に絡んでいるからさ。後ろ暗いことでもあるんだろうよ」

「まさか……」

祐介君に限ってそんなこと。

そう否定したいところだが、祐介の日頃の行いを考えると難しかった。軽薄なあいつは常に逃げることだけを考えている。

でも、恋人を犠牲にするほど落ちぶれているとは思いたくなかった。

「俺の予感が正しければ、一刻の猶予もないかもしれない。時間が経てば経つほど手掛かりを潰される恐れがある。鳥羽組ってのは見境ない連中だ。最悪の場合、もしかしたら……。くそっ、アニキの力を借りるしかねえのか⁉」

いきなり憤る雪路。

他人事とは思えないほど切迫した雰囲気だった。雪路の目的とやらと関係しているのかもしれない。

「日暮さんに協力してもらうの？」

「仕方ねえだろ！　地道に探せばいずれ見つかるだろうけど、それでも今日明日では無理だ！　川村に接触しちまったのが裏目に出たな。行動起こされる前に手掛かりを摑まないと」

雪路の頭の中ではすでに何かしらの結論が出ているようだった。

そして、旅人がいれば解決するということもわかっている。

「川村と恋人が同棲していたっていう家の場所、知ってるか？」

「え？　うん。一度だけ遊びに行ったことがあるよ」

「よし。今からアニキを拾ってそこに向かう。ナビよろしくな」

「あれ？　ユキジ君、調べたんだから家くらい知ってるでしょ？」

「道に迷ってる時間も惜しいんだよ。飛ばすぞ！」

乱暴にハンドルを切って風俗街に方向転換した。

＊

旅人は事情を聞くまでもなく同行することを承諾した。灯衣を下の階のキャバクラのママに任せてから、三人は祐介が住んでいたアパートに向かった。

「部屋、引き払ってなければいいけど」

「それはないだろうが、中身を弄られてたらやべえな。生活感さえ残っていれば手掛かりは摑めるんだ。そうだろ、アニキ？」

旅人は後部座席から身を乗り出して、頷いた。

「うん。もちろん事件に直結していなければ意味はないけど」

「そこは俺に任せろ。知りたいことは一つだけだ」

陽子の案内でアパートに到着する。

二〇五号室は祐介たちが同棲していた部屋だ。七尾満里奈の名義で借りられている。

雪路は少しだけその場を離れると、二〇五号室の鍵を持ってやって来た。

「不動産屋に顔が利くからな。管理人に事情話したら一発で貸してくれた」

……雪路って本当に何者なのだろうか。

疑問はさておいて、三人は二〇五号室に踏み込んだ。

中は荒らされた形跡も片付けられた形跡もない。満里奈が失踪したときから時間が止まっているように見えた。その証拠に飲みかけのまま放置されたコーヒーカップが二つテーブルの上に残されている。

二つ？

「郵便受けには五日分——先週の木曜日から今日までの朝刊が差さったままだった。部屋には水曜日の朝刊が。牟加田って人の言ったとおりだな。川村から連絡があった翌日には、もうこの部屋に七尾満里奈はいなかった。つまり、失踪したのは連絡があった水曜日だ」

雪路が断言する。

——ええっと、つまり、だから、なんだろう。

首を捻っていると雪路が説明してくれた。

「これを偶然と捉《とら》えるのはちと無理があるってことだよ。川村祐介が失踪に関わっているのは明らかだ。あいつは牟加田にアリバイ工作で電話を入れたんだ」

「でも、そんなことしたらますます疑われない？　そんなタイミングでそんな電話したら普通何か隠してるって思う」

偶然が重なればいくらか計算が混じっていると疑われるのは仕方がない。いや、あえて裏の裏という読み方もできるか。

日付をずらすとわざとらしい？

けれど、失踪と電話を同じ日にすればやっぱり疑われるわけで。

結局、祐介は日頃の行いが祟《たた》ったのか、何をしていても疑われたのだ。

「で、アニキの方はどうだ？　何かわかったか？」

旅人はテーブルを凝視していた。

「水曜日の夜、この部屋には少なくても三人いたはずです。三人というのは七尾さん以外に男性が二人です。それ以上であるならば川村さんを合わせて計四人、ですね」

陽子と雪路は同時に振り返る。陽子は驚きを隠せない。

どうしてそんなことがわかるのか。

「カップが二つ。これはおそらく客人に出したものです。二つともテーブルの片側に寄っているのは、客人と七尾さんが対面して座っていたから。カップの正面に座るとテレビに背を向ける形になります。七尾さんが誰かと並んで座っていたとは考えにくい。だから、少なくとも三人です」

「……客人が男ってのは？」

「カップに付いた指紋が大きい。これは女性のものではありません。また、川村さんの指紋はこの部屋の至る所に付いています。カップの指紋と一致しませんから、川村さん以外の男性が飲んでいたことになります」

雪路は「なるほど」とあっさり納得したが、陽子は開いた口が塞がらない。

指紋？　指紋が見えるって？　押捺《おうなつ》したり、試薬で検出したならともかく、目に見えない紋様を見つけるなんてそんなことできるものなのか。

目に見えないモノが視える。

日暮旅人の目の能力。その異様さに陽子は戦慄した。

「てことは、その二人ってのが七尾満里奈を誘拐した犯人ってわけか」

「そ、そうなの!?」

「いえ、一概にそうとは言えませんが、カップが片付けられていないことから七尾さんと一緒にこの部屋を出た可能性はありますね。それよりも気になることが」

旅人は壁を眺めた。何かを追うように視線をずらしていき、鏡台の隣の棚に目を止めた。

壺《つぼ》のような形をした可愛らしいアロマポットとアロマオイルの容器が置いてあった。確か、満里奈の趣味だったはず。

「アニキ、気になるか？」

旅人はアロマオイルを手に取った。

「うん。ローズと、こっちはハーブ系のオイル。……でも、これはそんな上品なものじゃないよ」

これ、と言って見上げた空間にはもちろん何もない。首を傾げる陽子に旅人は苦笑した。

「僕には視えるんです。粘着した嫌な香りがこの部屋に染みついている。紫色した濁った臭い。アロマセラピーは七尾さんの趣味でしょうけど、他の用途にも使われています」

「……ドラッグ、だろ」

陽子は思わず雪路を見た。日常では聞き慣れない、嫌な響きを持った名称。

もちろん違法な意味での『ドラッグ』だ。

「そんなッ！　満里奈がドラッグを使ってたって言うの!?」

「しっ！　黙って見てろ。アニキが何かに気づいた」

旅人の視線がまたもや宙を彷徨《さまよ》う。今度はクローゼットに向かい遠慮なく開くと、中に洋服が山となって押し込められていた。祐介の物のようだ。

満里奈ってば畳んであげなかったのかな、なんてことを思ってみる。

「カモフラージュです」

そう言って旅人はぐちゃぐちゃの洋服の山に手を突っ込むと、「あった」呟いて引っこ抜く。手の中には目薬の容器らしき物が握られている。

それを雪路に手渡す。

「やっぱりな。思ったとおりの代物だ。こいつは『アッシュ』と呼ばれる新種の脱法ドラッグだ。熱を加えて気化させ、アロマみたく吸引して使う。気分をハイにする効果があって、使用者は見る物すべてが灰色に見えてしまうらしい。だから『アッシュ』。依存性が高くて、これで精神ヤラれたガキがわんさかいてな、つい最近条例で禁止されたんだが、流通経路までは絶たれていない。……溶液の減り具合から見るとどうやら常習していたようだな」

「……嘘」

陽子は口に手を当てた状態で膝から折れた。

信じられない。近しい友人が、あの真面目な満里奈が、薬物依存していたなんて。

雪路は大きく息を吐き出すと、旅人に向き直った。

「アニキ、この容器に女の指紋は付いてたか？」

「付いてなかったよ。川村さんのものだけだった」

「だとよ。七尾満里奈は使っていない。『アッシュ』の特徴はな、焚《た》くとハーブ系の匂いがするんだ。使っていても周囲にはバレにくい。だから人気を集めていたとも言える」

「僕の目からすればとても嗅げた『色』をしていませんけれど。含有物質とかも視えてしまうみたいですから」

「アニキのようにはいかねえさ。だから、七尾満里奈が気づかなかったとしても不思議じゃない。依存していたとすりゃ無職でフラフラしていた川村の方だろ。安心しなよ、アンタの友達はシロだ」

顔を上げると、旅人も雪路も力強く頷いてくれた。

真相はわからない。けれど、二人が言うなら信じてみようと思った。祐介には悪いが、ここまで来たら満里奈の潔白だけは守りたい。

「ユキジ君は初めからドラッグを疑っていたの？」

「まあな。借金の額の割に目立った使い方をしていなかったから、もしかしたら違法な物を購入していると思ったんだ。白状するとな、さっき川村のとこに乗り込んだのもこのことを自白させるつもりでいたんだ。……アンタの前で追及すんのはなんか悪いと思ってよ」

そうだったのか。陽子がついて行ったせいで遠回りさせてしまったようだ。

「ま、おかげで隠される前に証拠が掴めた。これをネタに強請《ゆす》れば川村の野郎も知っているること喋るだろう」

「行くの？　もう一度、祐介君のところに」

そう訊くと、雪路は力強く頷いた。

すると旅人が挙手した。

「僕も行きます。ユキジは少し乱暴だからね、一緒にいた方がトラブルにならずに済むかもしれない」

陽子もそう思う。少なくともナイフを突きつけたりはしなくなるだろう。

「信用ないのか、俺は。駄目だ、アニキを行かせるわけにはいかねえ」

「僕なら、たとえ彼が嘘を吐いても見抜けるでしょう？　それに、一度川村祐介さんをこの目で視ておきたい。七尾満里奈さんの居所を推理する手掛かりが見つかるかもしれないし」

雪路は頭を乱暴に掻いてしかめ面を浮かべる。陽子はハッとした。

いつか雪路に聞かされたことだ。旅人の目は五感すべての神経を担っているために掛かる負荷も重く、使いすぎれば体調を崩してしまう恐れがあった。最悪、失明なんてことになれば旅人はきっと廃人になってしまうだろうという話だ。

雪路がギリと奥歯を嚙んだ。これ以上旅人に無理をさせたくない気持ちと、協力してもらいたい気持ちとで板挟みになっているのだろう。そんな顔をしている。

「日暮さん、お願いします！　満里奈を見つけてください！」

だから、依頼をするのは私の役目だ。

「お金はちゃんと払います！　具合が悪くなったら治療費も全部私が負担します！　だから、お願い、満里奈を……っ」

旅人に無理を押しつけてその目を酷使させるのは自分の役割だ。何もできない役立たずならば、責任を被るくらいしなくては罰が当たる。

もちろん、旅人にそんなつもりがないこともわかっているけれど。

「おい、勝手なこと言うんじゃねえよ！　アニキに負担掛ける気か⁉」

雪路に怒鳴りつけられても頭を下げ続けた。

沈黙の後、旅人の手が優しく肩に触れた。

「頭を上げてください」

哀しい目が陽子の心を見透かした。

「僕は、…………困っている友人を放っておくことなんてできません。今の陽子先生みたいにです」

「……」

身につまされる想いだ。雪路も居たたまれないのか、舌打ちした。

ああ。なんてことをしているのだろう、私たち。

旅人の気持ちも無視して、善意を利用して疎外しようとしている。『お願い』も、他人行儀な『依頼』に変えて。

少し考えればわかることだ。誰だって障害を理由に特別扱いなんてされたくない。

ここに来て手を引けと言うのは逆に失礼なことだし、改めてお願いすることはもっと残酷だ。

旅人はただ陽子のためになろうとしてくれていただけなのに。

初めから。

「僕にも協力させてください。ユキジ、僕たちはパートナーだろう？」

「アニキ……」

行こう、と旅人から率先して部屋を出る。

「ありがとう。二人とも」

車に乗り込む際、旅人は優しい顔をしてそう呟いた。

＊

再び『ギア』を訪れた。お店はすでに開店しており客の入りも盛況だ。ユーロビートの激しい音楽が洪水のように店外にまで溢れている。会社帰りのＯＬの出入りがよく目立った。

川村祐介はホストではない。あくまで雑用なので、表にいるとは思えない。正面からではなくまたしても非常口からの侵入となった。

「川村を刺激しないように静かに行くぞ」

「陽子先生は車で待機していてください。川村さんも陽子先生がいる前では話しづらいこともあると思いますし」

陽子は反論しかけたが、満里奈をいち早く見つけ出すためには余計な折衝は一つでも減らしたいという意向も理解できたので、渋々納得した。できるならば直接祐介の口から真相を聞き出したいところだが、今は旅人と雪路に任せることにした。

雪路を先頭にビルに入る。ビルの豪奢《ごうしゃ》な外観とは違い、裏手の従業員用の通用口は無骨なステンレスの扉で、廊下は薄暗く白い壁には汚れが目立った。

旅人が注意深く観察し始めたので、雪路は立ち止まる。

「何かわかったか？」

「……いや、――うん。大丈夫。少し確認しただけだから」

「気づいたことがあるなら話せよ。どんな些細《ささい》なことでもいいから」

「このお店、いや、この建物の中では例のドラッグは使用されていないみたいだ。あれは独特だからね、残骸《ざんがい》があればすぐにわかると思うよ。スタッフ用の出入り口にあの臭いが無いから、たぶんこのビルには持ち込まれていない。……別のドラッグだと話は変わってくるけれど」

「薬物依存している川村がここでは『アッシュ』を使っていない、と。つーことは、ここで寝泊まりしてるってのも怪しくなってきたな」

「彼の身体からドラッグの臭いが視えなければ彼自身使用していないことになるよ」

「それはないだろう。川村みたいなチンピラに止められるはずがねえ。とにかく、気をつけろよ。もしそうなら、川村にはアジトがあるってことだ。逃げられて隠れられたら面倒だ」

三階に上ると、『ギア』店内から悲鳴のような甲高い声が上がった。直後にどよめきが起こる。店の盛り上がりとは違う、明らかに異質な喧噪に二人は顔を見合わせて躊躇することなく非常口から店内に駆け込んだ。

「どうした？　何があった⁉」

手近にいたホストらしき青年を掴まえて問い質す。ホストは怪訝な表情を浮かべたが、素直に答えてくれた。

「川村って雑用が突然暴れ出したんだよ。今、玄関から出て行ったんだけど、あいつなんのつもりだ？」

高級そうなお酒の瓶が床に割れて散っている。女性客を隅に避難させるホストと急いで片付け始めるスタッフとで店内は騒然としていた。祐介を追った気配はない。

「くそっ、俺たちが来たこと察知したのか⁉　やべえ、逃げられる！　アニキ、急ごう！」

旅人は頷き、店内を突っ切って正面から出て行く。

エレベーターの表示が下の階へと下りていく。急いで脇《わき》にある階段を駆け下りた。

ビルの正面に横付けされた車の中で、陽子はフロントガラスから『ギア』の看板を見上げていた。こうしている間も、満里奈がどこかに監禁されていたらと思うと気が気でない。祐介がすべてを知っているなら正直に話してほしい。ただそれだけを願い、旅人たちの帰りを待つ。

ふと、ビルの入り口から慌ただしく出てきた人影に目が行った。あれは——。

「祐介君⁉」

窓から乗り出して叫んだ。反対方向へ駆けて行こうとした祐介は振り返り、陽子に気がつくと車に駆け寄った。乱暴にドアを開けて運転席に乗り込み、サイドブレーキを外して発車させた。

「ちょ、ちょっと⁉」

「うるさい！　山川、俺に指図すんな裏切り者ッ！」

「う、裏切りって」

ヒュッと風を切る音がした。

祐介の左手が陽子の眼前に迫った。手には果物ナイフが握られている。

咄嗟《とっさ》に、旅人たちから逃げてきたのだと推測した。

「殺されたくなければ殺されないようにしろ！　俺はまだ殺されない。殺されたくない！　殺されたくないから殺されないようにぃいい」

「ひっ⁉」

な、なに……、なんなのよ、一体。

目の焦点が合っていない。ぶつぶつと「殺される」という単語を繰り返し、身体をゆらゆらと揺らしている。怪しい手つきでハンドルを繰るせいで車は蛇行し、周囲ではけたたましいクラクションがひっきりなしに飛び交った。

だと言うのにスピードを上げていく祐介に、陽子は恐怖を感じた。

「？　山川？　どうした？　怖いか？　ならこれ吸え。ティッシュに浸して直《じか》に嗅ぐと一発でキマるんだ。怖いことすぐに忘れられる。殺されたくないんだ。これ、すぐに、いいんだよ」

何を言っているのか理解できなかったが、祐介が取り出した目薬のような物が『アッシュ』と呼ばれる脱法ドラッグの容器であることはわかった。

最低。この人は、恋人が行方不明であるにも拘わらず薬を使っていたのだ。

自分のせいで満里奈が危険な目に遭っているかもしれないというのに。

陽子は突き出された容器を受け取り、さりげなくポケットに隠した。

十五分ほど走ると、車は民家の少ない山の裾野にやって来た。急ブレーキで停車する。どうやら目的地に到着したらしい。事故を起こさなかったのは奇跡だと思う。

祐介は車を降りると陽子の腕を掴んで、おぼつかない足取りで歩き出した。

そこは古めかしい賃貸マンションだった。入り口に貼られた入居者募集の紙がめくれて風に揺れている。……この建物のどこかに満里奈はいるのだろうか。

陽子は忍ばせておいたドラッグを取り出し入り口に振りまいた。旅人になら気づいてもらえるはずだ。祐介に気づかれないように一定の間隔で液体を垂らしていく。

意識が胡乱《うろん》な祐介はエレベーターを使わずに階段から上り、四階の一番奥の部屋に入った。ワンルームの個室でさほど広くない。中に人がいる気配はなかった。

もはや逃げようとは思わない。祐介だって友達には違いないのだから危害を加えたりしないはずだ。とにかく落ち着かせて、満里奈の居所を聞き出そう。

「ね、ねえ、祐介君？」

「……」

祐介は部屋の中央で佇み、焦点の定まらない瞳で虚空を見つめている。何を言っても反応してくれない。

「祐介君、教えて、満里奈はどこにいるの？」

陽子は根気強く問いかけ続けた。

旅人と雪路は、雪路の車が発車したのを店先で確認した。あれには陽子が乗ったままだ。

「くっそぅ！　あの野郎ッ、舐《な》めた真似してくれんじゃねえかよ！」

「まずいな。彼、どこに向かったんだろう？」

「たぶん川村のアジトだろうな。つっても、どうせ組が所有しているトコだろうよ。他に逃げ場があるとも思えん」

「なんとか先回りできないかな？　行き先さえ摑めたら追えるだろう？」

雪路はおもむろに携帯電話を取り出した。

「ユキジ？」

「背に腹は代えられねえよ。増子《ますこ》さんに連絡してみる。苦手だけど、あの人だったら知っているかもしれない」

増子はこの町の刑事だ。暴力事件や殺人事件、闇市場の取り締まりなども担当している。旅人も面識があり、雪路のことを目の敵にしている点を除けば頼もしい人に違いなかった。

電話を耳に当てた。

「増子さんっすか？　ども。ユキジです。ちょっと訊きたいことがあるんで答えてもらえませんか？　――ぁあ⁉　ちげえよ！　その件は今度にしてくれ！　頼むよ！　知り合いがピンチなんだ！　時間もねえし！　手柄やるから協力してくれ！」

それから乱暴な言葉が何度か飛び交い、実のある情報を得たのか、雪路から一方的に通話を切った。疲れ切った顔で携帯を仕舞う。

「やっぱあの人だけは苦手だ」

「場所は突き止めたのか？」

「おお、そうだった。――タクシーッ、停まれ！」

車道に飛び出してタクシーを停めて無理やり乗り込んだ。怯える運転手の文句は聞かずに、「早く出せ！」と怒鳴りつけた。

「運転手さんよ、指示するからその通りに進んでくれ。このまま真っ直《ます》ぐだ。――川村が向かったのは、方角からしても鳥羽組が利用している賃貸マンションだろうって話だ。空き部屋を倉庫代わりに使っているんだと。臭い物が関わってんなら間違いなくそこだって。わかってて捜査しないんだから警察も怠慢だよなあ。あ、次の信号を右に曲がって。隣町まで行ってくれ」

雪路の車を見失ってからロスした時間は五分程度だ。急げば追いつくかもしれない。

「行き先が違ってたらアウトだけどな」

「今は信じて向かうしかないよ」

なだらかな山の麓《ふもと》に位置するその町は、繁華街から随分離れたうら寂しいところだった。少ない街灯が田んぼの一角を浮かび上がらせている。走行する車は旅人たちが乗っているタクシーだけで、当然歩行者の姿はない。

やたらに広いマンションの駐車場に進入すると、他の車に混じって雪路の車が無造作に停めてあった。

「ビンゴだ！　やっぱりこのマンションだった！」

「けど、七、八階はありそうなマンションだね。部屋数も多そうだ」

「アニキには悪いが、また頼むぜ。ドアノブに川村の指紋が付いてたらその部屋だ」

「わかってる」

タクシーを降り、急いで玄関に向かう。

入り口に着いたとき、雪路は顔を顰めた。

「んな⁉　なんだ、この臭い⁉」

甘く濃厚な香りが漂っていた。脳髄にまで染み渡る。匂いだけで酔いそうだ。雪路は咄嗟に服の袖《そで》で鼻を覆った。

「こりゃ、『アッシュ』とは別モンのドラッグだ！　揮発でイケるタイプだな。けど、こいつ結構強力だな。こんなの知らねえぞ、俺」

どうして玄関先に匂いが立ちこめているのか。故意に誰かが振りまいたとしか思えなかった。

「まさか、陽子さんが？　アニキ、この匂いを辿れば部屋の割り出しも簡単に、」

振り返ると、旅人は俯いて小刻みに震えていた。

「おい、アニキ？　どうしたんだよ？　アニキ⁉」

「わかる。……匂いが、…………わかる」

驚愕したように目を見開いて、手先で自分の鼻を弄っていた。

「これが、ああ、……これだ、これが『嗅覚』だ」

不意に涙を一筋零した。一度として見たことのない表情に、雪路は完全に固まってしまった。

——まさか。嗅覚が戻った⁉

「アニキ⁉　おい、もしかしてわかるのか⁉　匂いが⁉」

肩を摑んで揺さぶった。旅人はうっすらと笑みを浮かべている。

「わかるよ、ユキジ。そしてこの匂いを僕は以前一度だけ嗅いだことがある」

初めて見る、ゾッとするような笑みだった。思わず手を離して後退る。

「……」

「ユキジ、どうしたんだ？　喜ぼうよ。僕は『嗅覚』を取り戻した」

「あ、ああ」

雪路は恐ろしいものを見るような目つきで旅人を眺めた。

何か、取り返しのつかない事態のような気がした。

確かに喜ばしいことだろう。今は一刻を争うときだが、それでも祝福してやりたいと頭では考えている。

なのに、雪路の胸中には言いしれぬ不安が沸き起こっていた。

旅人が、雪路の知らない別人に思えてならなかったのだ。

「と、とにかく、今は川村を追うことが先だ。アニキ、その話は後だ」

逃げるようにその場を離れた。

「ああ、わかっているよ。行こう。――――ッッッ!?」

「アニキ？」

エントランスを抜けて廊下に出たとき、またしても旅人は驚愕した。何度も鼻をさすり、入り口を振り返る。そして、自分の衣服を嗅ごうとした。

「どうして？　どうして鼻が利かない？　匂いが視える？　おかしいぞ！　僕の嗅覚は甦ったはずなのに⁉　なんで⁉」

ひどく混乱していた。端から見ているだけでは断定できないが、旅人の嗅覚は完全には復活していないようだった。

あのドラッグの匂いにだけ反応した？　もしそうだとして、一体それが何を意味するのか、雪路にはもちろん理解できなかった。

「アニキ、大丈夫か？　何だったらしばらく休んでいってもいいんだぜ？」

旅人はしばらく呆然と立ち竦んでいたが、フッと抜けるような息を吐き出すと、毅然と振り返り首を横に振った。いつもの旅人の顔だった。

「……時間を取らせたね。もう大丈夫だよ。僕の目は何も変わっていない。視えるよ。あの匂いの色が視える。こっちだ。おそらく川村さんの部屋まで続いている。急ごう」

階段を上っていく。

雪路は旅人の背中を眺めながら密かに息を吐き出した。安堵していた。旅人は若干落胆しているものの、態度に変化はない。雪路は複雑な心境に駆られた。

ええい、気を引き締めろ。今はとにかく川村祐介の確保が先だ。

四階の一番奥の部屋の前で立ち止まる。ここに祐介と、おそらく陽子はいる。

「アニキ、どうした？」

身動きを止めていたので、先ほどのショックを引きずっているのかと不安になったが、旅人の目は隣室の扉に向いていた。

「後で隣も確認しよう。――じゃあ、行くよ」

言うなり、ドアノブを回して引いた。――鍵は掛かっていなかった。

全開になった扉の奥に、男が一人佇んでいた。川村祐介だった。電気も点けず、廊下から入った光に照らし出され、幽霊のように浮かんで見えた。

祐介の手には果物ナイフが握られていて。

赤い血が滴っている。

「――――」

二人は息を詰めて内部を見つめた。

背後の居室で陽子が倒れているのが見えた。

「陽子、先生？」

旅人が呆然と呟いた。

すかさず潜り込んだ雪路は抜け殻のように佇む祐介を殴りつけてナイフを奪い取り、

陽子に駆け寄った。

「陽子さん、しっかりしろ！」

うう、と呻き声を上げる。よかった、死んでいない。

「アニキ、救急車を！　…………ッ!?」

振り返ると、旅人が倒れた祐介の腕を摑んでいた。逆光のせいで旅人の表情はわからなかったが、それでも気づく。旅人から放たれる気配には凄味があり、

「や、めろ、アニキ」

浮かび上がる双眸《そうぼう》には殺気が籠もっていた。

「ダメだ！　殺すなッ！」

「……」

雪路の叫びに反応したのか、旅人はゆっくりと摑んだ腕を放した。

「陽子先生の具合は？」

「大丈夫だ。気ぃ失ってるだけだ。けど、おかしいな、どこも刺されていない」

「ナイフに付いていた血は川村さんのだよ。……手首を切っている」

旅人の言うとおり、祐介の手首には一筋の切り傷が生々しく刻まれていた。旅人はこれを確認していたのか。

しかし、旅人の気配は祐介を労《いたわ》るものには到底思えなかった。

旅人は明らかに殺意を放っていた。これまでいろんな修羅場を見てきた雪路にはわかる。あれは、人を殺すときのモノだ。

「無事でよかった」

陽子を見つめながら旅人は呟いた。

沈黙が降り、しばらく誰も動かなかった。

遠くからサイレンの音が聞こえた。

＊

警察官が現場検証を行っている最中、さらに一台のパトカーが駐車場に停車した。

降り立ったのは、組織犯罪対策課の白石《しらいし》警部である。

鷹《たか》の目のように鋭い眼光で周囲を威圧し、若い警察官の顔を逸らさせた。ふん、と鼻息を荒立たせる。苛立ちを隠そうともしない。

「――ったくよう、面倒な事しやがって」

暴力団が関与した薬物事件なら真っ先に自分の元に連絡が来るはずだった。それを刑事部の若手がしゃしゃり出て手柄をかっ攫《さら》ったのだから、正直気分は最悪だ。所轄を越えての連携は特に珍しいものではないが、出し抜かれたことはやはり腹が立つものだ。事後の報告を聞かされるなんて、これほどの屈辱はない。

白石の登場を察したのか、すぐさま一人の刑事が駆け寄った。現場を指揮しているのもこいつだ。ここ数年、いくつもの事件を解決させたやり手の女性刑事。

増子《ますこ》すみれ警部補は白石の前に立ち、敬礼した。

「お疲れさまです。白石警部」

「疲れちゃいねえよ、誰かさんのおかげでな」

「……」

嫌味に対して顔色一つ変えないところも可愛げがない。美人なだけに感情を表に出さない能面じみた顔には迫力があった。

刑事としては理想だが女としてはどうなのよ。

「概《おおむ》ね、話は聞いてる。で、被疑者はどうしてる？」

「パトカーに乗せて簡単な事情聴取を行っております。しかし、本人も薬物依存しており、直前まで摂取していたようなので受け答えができない状態です。病院への搬送が先になりそうです」

「被害に遭ったっていう女性二人は？」

「被疑者の恋人・七尾満里奈は数日間監禁されていたそうですが、三食与えられていましたし健康状態に問題ありません。もう一人は山川陽子――こちらも被疑者の関係者なのですが、被疑者に連れ回された上に暴行を加えられております。外傷は打撲程度の怪我だけで済んでいます。性的暴行にまでは及んでおりません」

「そりゃ運が良かったな。えっと、被疑者はなんて言ったっけ？」

「川村祐介、二十三歳、無職」

名前だけでいいのに律儀な奴だ。

「そうそう、川村だ。こいつ、『アッシュ』キメてんだってな。神経が過敏になる上に興奮作用もある。SEXの快感も数倍に膨れあがるって話だからな、犯されなかったのは奇跡に近い。ま、部屋に『アッシュ』焚いてたらその子も一緒に気持ちよくなってたかもしれねえけどよ」

くくく、と下品に笑う。増子は一切表情を崩さなかった。

顔くらい顰めろよ。つまらない女だ。

そう思ったが、増子が表情を変えない理由は他にあった。

「川村が潜伏していた四〇一号室から大量の『アッシュ』が見つかりました。個人で使用するには数が多すぎるので、おそらく販売目的だったと思われます。隣室の四〇二号室は七尾満里奈の監禁部屋として利用されておりましたが、そこから少量ですが別のドラッグが発見されました」

「別のドラッグぅ？」

そんな話は聞いてない。川村が所持しているのは一種類だけのはずだ。

「川村が使用したドラッグは『アッシュ』ではありませんでした。詳しく調べてみなければわかりませんが、新種である可能性が高い。川村の様子を観察した結果、この薬は五感に変化を与え幻覚まで見せるようです。目に見えないモノを見たと言い、恐怖心から自傷行為に陥ります。川村の精神状態に因ったところもあるでしょうが、『アッシュ』とは明らかに異なる効果です」

白石は、傍目からはそうとわからないほど微かに、動揺した。

――まさか、いや、そんなはずは。

「すべて押収したのか？」

「いえ、まだこの二部屋のみです。全部屋を捜査するには時間も人員も足りません」

「……鳥羽組が絡んでいる可能性は？」

「調査中ですのでなんとも言えません。川村の自白も期待薄でしょうから、証拠が揃うまで時間が掛かりそうです。ただ、七尾満里奈を誘拐した際に組員が関与した疑いがあります」

なるほど。押さえるとしたらその辺りか。

白石は舌打ちして唾《つば》を吐き出した。確認することが山積みだ。まったく、面倒ばかり押しつけられるぜ。

「以上です。進展があればその都度報告させて頂きます」

増子は敬礼した。

目上への報告を真っ先に済ませるのは当然のことだが、増子の場合は上とのいらぬ不和を生み出さないための処世術だろう。模範的に動かれてはケチの付けようがない。それがこの上なく憎たらしいとわかってしているのだろうか、こいつは。

有能だが堅すぎる。

組織には使いにくい人材だ。

「それでは、私はこれで」

「ああ、待て待て。最初に通報したのはどいつだ。話を聞きたい」

増子は無表情を崩すことなく、言った。

「いえ、警部のお手を煩わせるわけにはいきませんので」

「なんだと？」

「匿名でしたから、通報者の割り出しに時間が掛かると思われます。そういった雑務や報告書の作成は私が引き受けます。警部には現場の指揮をお願い致します。では」

増子は今度こそ踵を返した。

お膳立《ぜんだ》ては済ませたから後は任せる、だと？　なんとも生意気な女だ。しかし、現場の指揮をこちらに移してくれたのだから文句はない。雑用を引き受けた部下に対して代わってくれと言うのも変な話だ。

「………」

勘と言ってもいい、白石は不穏な気配を感じ取っていた。

増子は何かを隠している。

いや、誰かを庇っているのか。おそらく通報者だろう。通報を受けて出動するまでの時間が早すぎる気がしたのだ、通報した人物と増子は知り合いのはずだ。

まあいい。大した問題じゃない。これからは増子の動向にも注意を向ければ良いだけの話。今はチンピラどもの尻拭いが先決だ。

やれやれと首を振りながら、白石はマンションの中に入っていく。

近隣住民の野次馬に混ざって、旅人と雪路は駐車場の外から警察の捜査状況を見守っていた。

黙ったまま、雪路は横目で旅人を窺った。

なんか気まずい。旅人と一緒にいてこんな雰囲気は初めてだ。

「ユキジ、さっきまで増子さんと話をしていた男の人、知ってる？」

突如質問されて、狼狽した。

「え⁉　あ、ああ、ありゃ確か白石警部だよ。麻薬捜査のスペシャリスト。何度もドラッグの密売犯を検挙している。麻薬ルートも、たしか一つ潰しているんじゃなかったっけ。凄腕らしいが、詳しいことはあんまり知らねえ」

早口に説明して、はあ、と息を整えた。

「白石。……白石か。………白石警部」

旅人は何度も白石警部の名前を口にした。

「なあ、一体どうしちまったんだよ？　アニキ、あのドラッグの匂い嗅いでから様子がおかしいぜ？」

そう言うと、旅人は苦笑した。

「ごめん。心配を掛けたね。大丈夫だよ。色々と思い出しただけだから」

「……そっか。詮索はしねえよ」

「ありがとう」

面と向かって言われると照れるものがある。雪路は話を逸らした。

「陽子さん、大した怪我じゃなくて良かったな。今夜は警察ンとこに世話になるそうだ。……ほんと、運がねえよなあ。こんな事件に巻き込まれちまってさ」

「うん。でも、この事件のおかげで探し物が見つかったよ」

雪路は首を傾げたが、何も訊かなかった。

旅人は、白石警部がすでに立ち去った後の駐車場を見つめて押し黙る。

いや、見つめているのは景色ではない。

遠い昔、あの三日間の光景だ。

ようやく見つけた。

絶対に逃がすものか。

白石警部……………ソノ顔ヲ、一瞬タリトモ忘レタコトハナカッタゾ。

口元が微かに笑っていた。

＊

川村祐介は多額の借金を残して、失踪した。業者の追い込みからの逃亡生活は二週間にも及んだが、結局逃げ切ることはできなかった。

返済の目途が立たない祐介に、闇金業者はある提案をした。

ドラッグの密売をして、その売上を上納しろという話だった。

後がない祐介は犯罪に手を染めていく。十代の未成年者にクスリを売り歩くのは、慣れてしまえばどうというものでもなくなった。

しかし、祐介の行方を追っていた恋人の満里奈にドラッグ販売に手を染めていることがバレてしまう。警察に行くと言う満里奈を止めるため、業者の手を借りて満里奈を拉致・監禁する。少しでも保身を図ろうと大学時代の友人の元へ連絡も入れた。

計画性のなさは祐介自身も自覚していた。いつ警察が踏み込んでくるかもわからない状況の中で、気を紛らわせる術はドラッグをキメることだけだった。

監禁部屋から見覚えのないドラッグが見つかった。

満里奈には何度も止められた。しかし、祐介は新種のドラッグに興味津々で、満里奈の目の届かない場所で使ってみようと懐に忍ばせた。

仮の仕事場『ギア』に山川陽子と若い男が乗り込んできた。

疑われている。それがわかっただけで不安感が膨張する。

我慢できなくなった。

祐介はドラッグを使って現実逃避を図り、――――。

それ以降の記憶を失った。

*

警察署の会議室で増子という綺麗な女性刑事が、祐介の身に起こった一連の流れをそのように語って聞かせてくれた。

陽子と満里奈から得た情報を増子なりにまとめたものだろう。きっと、それが真実なのだと陽子も思っている。

しかし、事件から二日後、警察が発表したのは『川村祐介容疑者の単独犯説』だった。暴力団や闇金業者の関与は一切公表されなかったのだ。

では、川村容疑者はどこからドラッグを調達したのか。

七尾満里奈の誘拐に協力したのは誰か。

警察は「調査中」の一言で片付けて、捜査を打ち切った。

今回の事件は川村祐介が単独でドラッグを製造し密売した。闇金業者も存在していないし、潜伏していたマンションは鳥羽組とは一切関係がない。

そういうことになってしまった。

「納得いかないと思うけど、諦めなさい。上層部の決定は覆せない。私も捜査費用が出ない事件を追い続けられるほどの余裕はないわ」

憮然《ぶぜん》とする陽子に対して、増子は平然と、なんの感情も表に出さずに言った。

「……」

当初、増子はとても理解のある人だと思っていたが、度重なる面会で印象を改めた。

この人は冷たい。

ううん、ちょっと違うな。冷徹と言うべきか。

「どうして暴力団を調べられないんですか？」

「言う必要はないわ」

「満里奈という証人がいるのに？」

「偽証の疑いもあるわね」

これである。捜査に口出しすると機密事項だと突っぱねられ、証拠を提示しても別の可能性を挙げて否定される。いくら追及しても結局は徒労に終わってしまうのだ。

あの日から一週間。

同じ事の繰り返しだった。

「もういいでしょ？　これで聴取は終わりです。お疲れさまでした。もう呼びつけることはありません。お元気で」

増子は席を立ち、会議室から出て行こうとした。

立ち止まる気配を感じた。振り返ると、増子は陽子を見つめていた。

「頰の腫《は》れもだいぶ引いたみたいね」

陽子は左頰を撫でた。事件の夜、マンションの一室で自殺を図ろうとした祐介を止めに入ったときに殴られたのだ。湿布は貼ったままだが、おそらく跡は消えているだろう。

「よかったわね。日暮旅人が気にしていたみたいだから、私も安心したわ」

あくまでも無表情にそう言って、じゃあ、と出て行った。

一体何が言いたかったのか。

最後の最後までよくわからない刑事だった。

警察署を出ると、正面玄関に旅人がいた。

「え？　ど、どうしてここに？」

陽子は思わず左頬を手で隠した。なんとなく見られたくなくて、あの夜以来、旅人と会うのを避けていたのだ。自宅までお見舞いに来てくれた旅人を追い返したこともある。

「増子さんが迎えに来いと言ってきたんです。陽子先生の怪我も目立たなくなってきたから大丈夫だと。すみませんでした。僕、そういうことに気が回らなくて。陽子先生の気も知らずに付きまとうような真似をして」

それを口にするところもまた無神経だと思う。

意外なところで気遣いを見せた増子にしてもそう。

陽子は堪らずに吹き出した。

変な人たちだ。

「増子さんは事件のことで何か言ってましたか？」

家まで送ってもらう道すがら、旅人が尋ねてきた。

「……祐介君が捕まったことで全部解決したみたいです。事実上、捜査は打ち切られたって」

そう。事件はすべて解決してしまった。

祐介は捕まり、満里奈は無事保護された。満里奈はピンピンしていて陽子と無事を喜びあったが、祐介はドラッグの後遺症で面会すらできない状態にあるらしい。悲しむ満里奈を慰めているうちに、陽子は警察に対して不信感を覚えた。

暴力団の関与も、闇金業者の存在も、嘘じゃないのに無かったことにされた。

納得いかないわよ。こんな半端な形で終わらせるなんて。

憤慨する陽子に、旅人はさらに質問した。

「他には何か言ってました？」

「え？　他に、…………いえ、特には」

「そうですか。なら、僕たちだけで真相を突き止めましょう」

驚いて顔を上げると、旅人が柔らかく微笑んだ。

「増子さんに止められたわけじゃないなら、構いません。警察にも色々と事情があるのでしょうが、それは僕たちも同じです」

立ち止まる。背の高い旅人の顔を懸命に見上げた。

「川村さんは被害者です。『アッシュ』というドラッグの製造者は国内にいるらしく、流通させているのもほとんどが日本人です。若者を中心に『アッシュ』を蔓延《まんえん》させ、金儲けをしている人たちこそが本当の犯人なんです。彼らを捕まえない限り、同じようなことがこれからも起こります。何度でも」

「……でも、警察が協力してくれないんじゃ限界がありませんか？」

「ユキジを見くびってもらっては困ります。あの日、川村さんの部屋からもう一つの薬物をこっそり拝借していたんです。今現在調べてもらっているのですが、成分や製造方法から製造者を割り出せるかもしれない。もし見つからなかったとしても、きっと大きな手掛かりにはなると思うんです。僕たちはそこから捜査を再開していくつもりです。――もう引き下がれません」

意志の固さに触発されて、陽子もまた大きく頷いた。

引き下がるわけにいかない。

今回のことで友達を一人失ったのだ。陽子も、もう無関係じゃない。

できることなんて何もないかもしれないけれど、泣き寝入りなんかして堪るか。

不意に、旅人の手が陽子の左頬を撫でた。

「え、あ、あのっ⁉」

ひやりと冷たい手に、陽子の心臓は飛び跳ねた。

「……正直に言えば迷っています。陽子先生はもう僕らと関わらない方がいいのではないかと」

動揺しまくってばたつかせていた両手がピタリと止まる。

旅人は哀しい目をして言った。

「これ以上の怪我をしてもおかしくない事態に、また巻き込まれるかもしれない。僕たちと関わるだけでどんな危険なことが起こるかもわからない」

頬に触れる掌はとても冷たくて、逆に旅人には陽子の頬の温もりが伝わっているはずだった。

けれど、旅人はそれすら感じ取れない。

哀しい気持ちになった。

「それでも僕は、陽子先生が事務所に来てくれることを望んでしまうんです」

支えてあげたいと、陽子は思った。

それが私にできる唯一のことなら。

「大丈夫です。私ももう大人ですから。自分で決めます。私は、――私も旅人さんの傍にいたいです」

冷たい掌を両手で包み込んで温める。

旅人が感じ取れなくても、代わりに陽子が感じ取ろう。

ほら、もう温かい。

見つめ合い、旅人は心からの笑みを浮かべてくれた。

「ありがとうございます。テイ、きっと喜びますよ」

瞬間、固まった。

「え？　テイちゃん？」

——え？　え？　え？　私、今、なんかとんでもない勘違いしてた？

というか、すごいこと言ってしまったような気が。

思い返して、顔を真っ赤に染めた。

「わ、わ、わあ————————っ！」

絶叫し、両手で顔を覆って走り出す。

どんな顔して送ってもらえというのか。逃げるが勝ちだった。

あっという間に置き去りにされた旅人はぽかんと口を開けて、肩の力を抜くように
フッと微笑んだ。

「面白い人だなあ」
陽子も灯衣も、絶対に危険に巻き込んではいけない人たちだ。
わかっている。それでも止まれない。
目的を果たすまでは絶対に。
――見ていてください。父さん、母さん。
両目に哀しい色を湛えたまま、抜けるように青い空を見上げた。

（つづく）

雪路雅彦は警察官のデータベースに不正アクセスし、白石警部の個人情報を覗き見た。

過去に二度表彰されているが、それ以外に目立った功績はない。評価は上の下と言ったところか。これと言った特徴のない普通の警察官である。……もっとも、これはデータであって人柄までは捉えられていない。評価が低くても能力の高い人間はいくらでもいる。

今度はインターネットで白石警部を検索する。

ヒットした項目の中から「表彰」に関わる記事を探す。

二年前の記事だった。麻薬密売犯を現行犯逮捕したことから表彰されている。これは当時、雪路の耳に入ってきた情報と合致した。そのときは警察官も捨てたものじゃないと素直に感心したものだが。

もう一件の表彰についてはどこにも記事が無かった。

改めてデータベースを確認すると、十八年前の年月日が記されてある。

「………十八年前か。さすがにネットには上がってねえよな」

雪路は市立図書館に向かい、十八年前の地方紙を閲覧した。

表彰された時期は二月。一日ごとに新聞を広げていき、ついに目的の記事を見つける。

『――表彰式が十五日、同市内のホテルで行われた。白石孝徳《たかのり》巡査部長（27）に優良警察官章が贈られた。表彰式には雪路照之《てるゆき》市長が出席。表彰状を贈呈された』

雪路は記事を読み進めて顔を顰める。

「………、はあ」

――何をしているんだ、俺は。

旅人が白石警部に何か思うところがあるのは確かだ。白石警部を見つめるときのあの目は、思い出しても総毛立つ。

相変わらず哀しみに満ちた瞳が、静かに強い殺気を放っていた。

そのように見えたのだ。

勘違いであってほしい。旅人が白石警部に私怨《しえん》を抱いているという可能性を潰したくて、こうして白石警部のことを調べていた。

旅人が遠くに行ってしまいそうで恐かった。

同時に、旅人に不信感を覚え始めた自分が許せなかった。

再び紙面に目を落とす。

雪路はふと引っ掛かりを覚えた。それはちょっとした違和感だ。

二十七歳で表彰というのが少し早い気がしたのだ。この手の表彰は定年間近の警察官に贈られるイメージがある。手柄を立てたならともかく、勤務態度を評価されるには勤続年数が短すぎる。

「考え過ぎか、な」

独りごちる。苦笑して頭を掻いた。

疑心暗鬼に陥ると無関係なことでさえも意味あるものに思えてくるものだ。今、自分の精神状態が不安定であることを自覚する。

引き続き新聞を眺めていると、あっという間に閉館時間になった。

雪路は席を立ち、新聞を放り出したまま図書館を後にした。

広げられたままの新聞紙。その紙面の片隅に事故の記事が小さく掲載されていた。

内容はとても簡潔なものだった。

『──元私設秘書、日暮英一《えいいち》さん（32）が運転する乗用車が道路脇の川に転落した。日暮さんは胸を強く打って死亡した。助手席にいた妻の璃子《りこ》さん（30）は頭を強く打ち、病院に搬送されたがまもなく死亡した』

図書館職員が新聞を畳んで保管場所に戻す。

この新聞が再び人目に晒《さら》されることは無い。

あとがき

さて、『探偵・日暮旅人《ひぐらしたびと》の失《な》くし物』いかがだったでしょうか。

今回もおかしな引っ張り方で締《し》めくくったわけですが、次巻はなるべく早めに刊行できるかな、できればいいなあ、と思います。

前巻のあとがきで「この物語は殺人事件に巻き込まれるわけでも銃撃戦を繰り広げるわけでもない」なんてこと書いていましたが、何やら不穏《ふおん》な空気が漂《ただよ》って参りました。殺人事件を起こすも起こさないも作者のさじ加減一つではありますが、探偵を冠《かん》するからには刑事さんを登場させたくて、あっなら事件も起こった方がいいよね、と安易にくっつけてしまって、うーん、もしかしたら殺人事件に巻き込まれるお話も今後はあり得るなあ、と今ちょいと思い直しています。

前言を撤回《てっかい》する言い訳じゃないですよ？　念のため。

できれば、最後まで平和な物語であってくれたらと思います。

――あっ、銃撃戦。………旅人が撃ってなければいいことにしましょう。

料理をメインに据えたお話が今巻には収録されておりますが、私はてんで料理ができません。プロの料理人である母からの助言を参考に物語を書きました。

　作中で出て来た料理を実家のお店の厨房《ちゅうぼう》で試しに作ってみたのですが、これがまあ美味しくて。私のようなずぶの素人ではなく一流の料理人が作ったらもっともっと美味しいだろうなあ、という想像を膨らませながら旅人たちに絶賛してもらいました。料理って奥が深いものですね。

　何も料理に限ったことではなく、どのような職種も覗き込んでみるとその奥行きの深さには驚かされるものがあります。『日暮旅人』に欠かせない保育士の日常は、実際に保育士として働いている方からお話を聞かせて頂き、その上で物語の都合に合わせたフィクションを織り交ぜておりますが、知れば知るほどに興味深く、これ単体だけで物語を書いてみたいと思うようになりました。

　日常に見られるあらゆる風景にはドラマがあって、きっとその場にいる人々にしか味わえない感動があり、それがまた日常を回すスパイスになる。

　誰も彼も、ドラマの中に生きているのだと思うと胸が熱くなりませんか。

　退屈だった日常でもそのように考えると自分が舞台に立った気がします。考え方一つで人生楽しめそうですね。

　いやあ、なんだこの『あとがき』は。説教臭くていけません。

では、最後に謝辞を。

作品を書くにあたりたくさんの助言と励ましを下さった、保育士のW夫妻、従姉のC姉さん、親友のKK君、そして父と母にありがとう。

担当編集の荒木《あらき》様、イラストレーターの煙楽《えんらく》様、デザイナーのT様、一巻に引き続き大変お世話になりました。厚くお礼申し上げます。次巻でもよろしくお願いします。

そしてそして、すべての読者の皆様に最大級の感謝を。

それでは。いずれ、また。

２０１１年　冬

山口幸三郎《やまぐちこうざぶろう》

山口幸三郎

著作リスト

探偵・日暮旅人の探し物（メディアワークス文庫）
探偵・日暮旅人の失くし物（同）
「神のまにまに！ ～カグツチ様の神芝居～」（電撃文庫）
「神のまにまに！② ～咲姫様の神芝居～」（同）
「神のまにまに！③ ～真曜お嬢様と神芝居～」（同）

◇◇メディアワークス文庫

探《たん》偵《てい》・日《ひ》暮《ぐらし》旅《たび》人《と》の失《な》くし物《もの》

山《やま》口《ぐち》幸《こう》三《ざぶ》郎《ろう》

発行　2011年1月25日　初版発行
　　　2013年11月15日　12版発行

発行者　塚田正晃
発行所　株式会社KADOKAWA
〒102 - 8177　東京都千代田区富士見2 - 13 - 3
電話03 - 3238 - 8521（営業）
プロデュース　アスキー・メディアワークス
〒102 - 8584　東京都千代田区富士見1 - 8 - 19
電話03 - 5216 - 8399（編集）
装丁者　渡辺宏一（有限会社ニイナナニイゴオ）
印刷・製本　加藤製版印刷株式会社

Printed in Japan
ISBN978-4-04-870279-9 C0193

メディアワークス文庫　http://mwbunko.com/
株式会社KADOKAWA　http://www.kadokawa.co.jp/

本書に対するご意見、ご感想をお寄せください。

あて先
〒102-8584　東京都千代田区富士見1-8-19　アスキー・メディアワークス
メディアワークス文庫編集部
「山口幸三郎先生」係